Entanglement 03

재생 버튼

서장원 이선진 함윤이

차례

함윤이	초능력 연습	007
서장원	포춘가든	063
이선진	60초 후의 세계	093

얽힘 코멘터리 141
기획의 말 191

Entanglement

초능력 연습

함윤이

1

최근 초희의 머릿속을 점령한 건 이런 질문들이다.

이미 벌어진 일을 어떻게 말할 수 있을까?

아직 일어나지도 않은 일에 관해서는?

지나친 것들, 다가올 것들, 어느 쪽이건 간에 당장 눈앞에 놓여 있지 않은 것들, 보이지 않고 만지지 못하며 쥐기는커녕 포착하는 것조차 어려운 이런 일들을 어떻게 전달할지 초희는 오래 고민했다. 이런 행위를 완벽히 해낸다면 그거야말로 거의 초능력에 가까울 거야, 생각하면서. 생각의 끄트머리에 다다르면 언제나 방 벽에 붙은 종이를 들여다봤다.

이것은 초희의 책상 위에 붙은 종이다. 이십 년 전에 쓰였으며 뒷면에는 올해의 연도가 적혀 있다.

2

초희의 룸메이트 아람은 지난 몇 년간 종이에 관해 끈덕지게 물었다. "이게 뭐야?" "12월 27일이 뭔데." "이날 무슨 일이 벌어졌어?" "아니면 무슨 일이 생기는 거야?" "누가 썼어?" "대체 왜 이거 하나 안 알려주고 질질 끄는 거지?" 등등.

그때마다 초희는 히죽대거나 이죽거리며 답을 피했다. 두 가지 이유 때문이었다. 첫째, 아람에게 신비롭게 보이고 싶은 마음, 둘째, 종이에 관하여 어떤 말을 하든 잘못된 길로 새게 될 것이라는 확신.

하여 초희는 이렇게만 말했다.

"좀 기다려, 저 날이 되면 말해줄게."

그사이 두 번의 12월 27일이 지났다. 아람은 종이를 완전히 까먹은 듯싶다가도 마주 앉아 전골을 끓이거나 화장실 청소를 하다가 또 묻곤 했다.

"그래서 저건 대체 뭐야?"

초희는 일관되게 침묵을 지켜왔다. 그러던 중 지난주 목요일, 아람이 말한 것이다.

"나 서울로 돌아가려고."

그들은 나무 식탁을 사이에 두고 마주 앉아 있었다. 초희가 고개를 숙였다. 보이지 않더라도 자신의 눈치를 살피는 아람을 짐작할 수 있었다. 초희가 와악 울음을 터뜨리거나, 아람의 멱살을 붙잡고 탈탈 흔들거나, 배신자! 외치며 집을 뛰쳐나가는 순간을 겁내는 것 같았다. 초희는 어떤 행동도 취하지 말자 마음먹었다. 아람의 예측대로 움직이기는 싫었다.

그러나 곧 속이 멀미하듯 울렁였다. 초희는 아람이 타준 차를 몇 모금 마시고 자리에서 일어섰다. 그대로 한 바퀴 돌며 집을 살폈다. 함께 섬에 온 이후, 아람과 같이 온갖 중고 가구를 들여 가꾼 집이었다.

그들이 처음 이 집을 구했던 겨울, 섬의 추위는 유난히 혹독했다. 두 사람은 깃털이 삐져나오는 패딩을 입고 중고차를 탄 채 섬 곳곳을 오갔다. 동네 시장이나 중고거래 앱으로 구한 책상과 책장, 이케아 의자 그리고 유리잔 세트 따위를 덜컥덜컥 옮겼다. 아람이 서울로 돌아가는 것, 그리하여 섬을 떠난다는 것은 이 집을 버린다는 뜻이었다. 그들이 함께 공수해온 저 모든 물건을 등진다는 의미이기도 했다.

초희가 말이 없자 아람은 아까보다 배는 큰 목소리로 설명하기 시작했다. 말이 이어질수록 목소리는 더욱 커졌고 귓바퀴가 붉어졌다.

"서울에 돌아가면 먼저 취직부터 해야 할 것 같아. 초희, 나 꽤 오래 생각했어. 엄마 몸이 많이 약해졌더라. 본가의 개도 벌써 열다섯 살이고. 요새 프리랜서 시장이 너무 불경기잖아……. 초희, 초희야, 뭐라도 말 좀 해볼래?"

초희가 고개를 돌렸다. 의식하지 못한 채 아랫입술을 꽉 깨물고 있어 혀끝에 피 맛이 감돌았다. 초희는 피 맛을 꿀꺽 삼키고 주방과 이어진 거실을 가로질렀다. 반쯤 열린 제 방문을 활짝 열어젖혔다.

"초희야."

아람이 한 번 더 외쳤다. 초희는 답하는 대신 문과 마주한 책상을, 그 위에 붙은 종이를 가리켰다.

"저게 뭐냐고 물었지?"

초희가 말했다.

"저 종이 뒷면에는 올해 연도가 적혀 있어."

초희는 돌아서 아람의 눈을 응시했다. 쓰고 짠 맛이 계속하여 입안을 맴돌았다. 어떤 단어를 무슨 태도로 꺼내야 좋을지는 여전히 알 수 없었지만, 초희는 지금이 그 이야기를 꺼내기에 적기임을 알았다. 그가 말했다.

"그리고 저 날 나는 죽게 돼."

일주일이 흘렀다. 두 사람 사이에 오가는 말은 평소의 반의 반절로 줄었다. 아람은 슬금슬금 짐을 포장하기 시작했다.

초희는 이레 내내 2003년을 생각했다. 그 시절 일을 털어놓자 결심했는데도, 막상 입을 열려니 별다른 말이 나오질 않았다. 혀끝에서 그때의 냄새와 소리, 장면 등을 굴리다가 삼키기를 거듭했다. 그것들이 그만큼 중요해서, 또는 애틋해서 망설여지는 건 아니었다. 그냥…… 어려울 뿐이라고 초희는 생각했다. 만지거나 쥘 수 없으며 붙들기는 더더욱 불가능한 일들에 관해 말하는 건.

그러던 중, 아람이 입을 열었다.

"오늘 저녁에 해 먹자."

"뭘?"

"잡탕전골."

해 질 무렵 두 사람은 집을 나섰다. 석양의 빛이 얼어붙은 도로에 비쳐 길 전체가 빨갛게 빛났다. 운전이 위험할 것 같았으므로 버스를 타기로 했다. 두 사람 모두 찬 바람에 뺨을 얻어맞으며 걸었다. 정류장이 보일 즈음 초희가 물었다.

"2003년이 어떤 해였는지 기억나?"

"이십 년 전이잖아."

초희가 고개를 끄덕였다. 비록 그때 초희는 아람을, 아람은 초희를 몰랐지만, 2003년의 둘은 모두 호르몬으로 팽배한 십 대 여자애였다. 이십 년 전 일을 떠올리기란 쉽지 않지만, 십 대의 일을 기억하는 건 그리 어렵지 않았다.

텅 빈 버스 정류장에 앉은 초희는 2003년이라는 숫자를 다시 한번 눈앞에 세워보았다. 그것을 어떻게든 더듬어보려 애썼다. 우선 좀 더 큼직한 사건들, 그러니까 초희나 아람 그리고 재림보다 한층 유명한 이름을 가진 이들이 무얼 하며 살았는지부터 짚어보기로 했다. 가령……

"2003년에 대통령이 바뀌었던 거 기억해?"

아람이 고개를 끄덕였다. 초희는 아람에게 쌀쌀하고 어둑하던 2002년 겨울 아침, 거실 한복판에서 TV로 개표방송을 보던 엄마가 얕게 훌쩍이던 모습에 관해 들려주었다. 몇 해가 지난 뒤에야 초희는 엄마에게 물었다.

그때 왜 울었어?

내가 미래에 어떤…… 영향을 미쳤다는 확신이 들었거든.

그래서 무서웠어?

엄마는 붉어진 뺨으로 답했다.

아니, 우쭐했지.

연초부터 벅차오른 엄마의 얼굴을 목격했음에도, 초희는 2003년을 퍽 시시하게 받아들였다. 작년과 달리 그해에는 매일 사람들과 모여 지켜볼 시합 따윈 없었다. 뉴스 화면이나 광장 한복판에서 붉은 티셔츠를 입고 모인 몸들을 보기도 어려울 것이었다.

2002년은 좋은 해였다.

2003년의 초희는 일기에 썼다. 그때까지만 해도 과거는 손 잡힐 자리에 있었다. 친하건 친하지 않건 여러 사람이 좁은 거실이나 교실에 떼 지어 앉은 채 공놀이를 관람하고, 지든 이기든 함께 미래를 기대하며 기다리는 순간들을 그는 좋아했다. 그 순간들을 원하는 때마다 꺼내어 만지작대고 싶었다.

2003년에는 그처럼 쓰다듬고픈 미래가 없었다. 문밖으로 나가면 희뿌연 겨울 대기를 지루한 얼굴로 누비는 사람들만 보였다. 축제가 끝나고 남은 빈 땅 같은 시기였다. 그 와중에 태어난 아기들을 '월드컵 베이비'라고 불렀다. 어떤 잔여물 같은 이름이라고, 초희는 몰래 생각했다.

버스가 왔다. 아람과 나란히 뒷좌석에 올라탄 후에도 초희는 계속 이야기했다. 아람은 평소답지 않게 조용히 경청했다. 초희는 2003이라는 숫자를 마음껏 뒤집거나 돌려보았고, 여러 각도에서 더듬기도 했다. 집중할수록 기억의 파편들이 하나둘 떠올랐다 ─ 그해 그는 열네 살이 되었고 막 브래지어를 차기 시작했다. 브래지어 훅에 익숙해지던 즈음 미국이 전쟁을 시작했다.

전쟁 속보가 나온 날, 초희는 마흔 명의 동급생과 함께 목이 죄는 교복 차림으로 교실에 앉아 있었다. 그들의 담임이던 사회 선생이 TV를 켜고 뉴스를 틀었다. 그늘진 눈의 여자 선생은 뉴스를 보는 내내 입술 거스러미를 뜯어냈다. 붉게 충혈된 눈이 뒷자리에서도 훤히 보였다. 초희는 생각했다.

큰일이다. 앞으로 모든 게 나빠질 거야.

그 사실을 깨우치자 마음 붙일 자리가 절실해졌다. 그날 이후 초희는 저녁마다 TV 채널을 돌려보며 기대를 걸 수 있음 직한 창구를 찾아다녔다. 마침내 발견한 것은 당해 1분기에 막 시작한 TV쇼였다. 제임스 랜디라는 남자가 나오는 프로그램이었고, 이름은 다음과 같았다.

'도전! 100만 달러 초능력자를 찾아라'.

초희는 리모컨을 내려놓았다. 화면 정중앙에서 팔짱을 낀 제임스 랜디가 말하고 있었다.

안녕하십니까, 한국의 시청자 여러분(허술한 한국 억양, 이후 유창한 영어로). 저는 제임스 랜디입니다. 본래는 마술사였습니다.

한때 세계를 주름잡던 마술사 랜디는 지난 몇십 년간 전 세계를 돌아다니며 본인이 '초능력자'라고 말하는 사람들과 만났다. 그중 '진짜' 초능력자는 한 명도 없었다. 대개가 땅속에 숨긴 장치로 환각을 불러일으키거나, 고용한 조수와 입을 맞춰 상황을 조작한 사기꾼이었다. 랜디는 이 초능력자—사기꾼들의 속임수를 밝히고 정체를 탄로 낸 업적으로 '초능력자 사냥꾼'이라는 근사한 호칭까지 얻었다. 이 사냥꾼이 한국에 와 이렇게 말한 것이다.

진짜 초능력을 가진 사람이 있다면 내 앞에서, 내 눈앞에서 보여주십시오. 그럼 100만 달러는 당신의 것입니다.

초희 외에도 그 쇼에 마음 붙인 이들은 여럿 있었다. 교실에서도 몇몇을 발견할 수 있었다. 아무래도 전쟁이나 대통령보다는 초능력자 이야기가 더 들러붙기 좋은 장소였다. 교실 곳곳에서 정강이가 고라니

같은 남자애들이 책상 혹은 단상에서 뛰어내렸다. 펄쩍 점프한 순간 소리치는 애들도 있었다.

나를 보라! 나는 초능력자다!

그중 하나의 정강이에 금이 갔고, 학교에서는 랜디의 TV쇼 시청에 관해 경고하는 공문을 학부모들에게 보냈다. 그러나 본래 몰래 보는 것의 재미가 더 달콤한 법.

야학 강사였던 초희의 엄마는 주말 저녁에도 종종 늦게까지 일했다. 거실에 홀로 남은 초희는 TV 화면에 찰싹 달라붙었다. 온갖 초능력자가 매주 얼굴을 드러냈다. 피부에 금속이 달라붙는다는 일본인—알고 보니 그는 얼굴 기름으로 이마에 동전을 붙이는 요령을 터득한 사기꾼이었다. 자칭 전기 인간이라던 말레이시아인—그는 슬리퍼에 배터리를 넣고 있었다. 투시가 가능하다거나 장풍을 날릴 수 있다던 각종 한국인—이들은 제작진 앞에서 어떤 힘도 보여주지 못했고, 검증 직후 스스로를 견딜 수 없다는 듯 쓸쓸한 표정으로 퇴장했다.

제임스 랜디는 푸른 불빛이 비치는 스튜디오 한가

운데에 앉아 퇴장하는 이들의 등을 주시했다. 그들의 속임수가 드러날 때마다 랜디는 턱을 괸 채 무어라 표현하기 어려운 표정을 지어 보였다. 이후 초희는 인터넷 카페나 방송 게시판에서 그 얼굴이 초능력자 ─ 사기꾼을 향한 경멸이라는 의견들을 읽었지만, 끝내 동의하지 못했다. 초희가 랜디의 눈길이나 입매에서 읽은 건 다름 아닌 실망감이었다.

그 표정을 만날 때마다, 초희는 랜디가 '진짜배기' 초능력자를 만났을 때 어떤 얼굴을 할지 그려보았다. 본 적 없는 얼굴을 상상하면 늑골 안쪽이 배터리를 넣은 슬리퍼처럼 찌릿해졌다. 그럴 때면 정강이를 희생하면서까지 창문에서 뛰어내리며 나는 날 수 있다, 외치던 남자애를 조금쯤 이해할 수 있었다.

열네 살의 초희는 매주 일요일 거실 소파에 기대어 랜디와 제작진이 함께 찾아낸 초능력자들을, 또 그들이 초능력자 아님을 검증받는 순간을 지켜봤다. 일요일마다 초희는 기대에 부풀었으며, 일요일이 아닌 요일이면 늘 공허함에 목말라했다.

갈증을 견디지 못한 초희는 엄마의 컴퓨터를 켰다. 2003년의 초희는 만 14세가 되기 일보 직전이었으나, 아직 만 14세는 아니었다. 그 한 끗 차이 때문에 안방에 숨겨둔 엄마의 신분증을 훔쳐온 후에야 한메일 계정을 만들 수 있었다.

한메일 카페에서 제임스 랜디의 이름을 검색하자 그의 팬카페와 안티 카페들이 줄줄이 나타났다. 꽤 길었으나 아주 길지는 않은 목록을 위아래로 올리고 내리기를 반복하던 중, 하나의 이름이 눈에 들어왔다.

랜디 클럽: 진짜 초능력자들의 모임

초희는 곧바로 그 이름을 클릭했다. 메인 화면에서는 녹색 전류가 흐르는 수정구슬이 빛나고 있었다. 카페에 가입하려면 운영자의 허가를 받아야 했다. 가입 신청용 질문은 다음과 같았다.

- 당신은 초능력자인가요? 예/아니요.
- 초능력자라면, 무슨 초능력을 가졌는지 기재하시오.

1. 염력 2. 투시력 3. 예언능력 4. 비행 5. 기타

• 초능력자가 아니라면, 다음 항목에 동의하시오.

아무 능력도 없지만, <u>초능력자와 초능력을 믿고 또 존중한다!!!</u>

초희는 꽉 쥔 양 주먹을 책상에 올리고 생각했다. 내게 초능력이 있나. 지금껏 아주 조금이라도 그런 기미가 보였던가. 초능력이란 보통 사람들은 쓸 수 없는 힘, 여기 나온 객관식 항목대로라면 내 몸을 공중에 띄우거나 사물을 접촉 없이도 움직이게 하는 힘 따위일 텐데…… 그런 일은 한 번도 초희에게 일어나지 않았다.

홀로 자신이 굉장하다고 생각한 순간은 두어 차례 있었다. 목요일 점심 메뉴(돈가스였다)를 맞췄을 때나 수학 객관식 문제를 다섯 개나 넘게 찍어 맞혔던 때가 특히 그랬다.

하지만 이것만으로는 부족해. 초희는 하얗게 질린 주먹을 쥐고 펴길 거듭했다. 그깟 우연보다는 차라리 내 기억력에 관해 말하면 어떨까. 아니면 평소 상상하는 일들에 대해서……. 적어도 초희는 주변에서 자신

만큼 명확하게 옛일(비록 그것이 초등학교 3, 4학년 때의 일이라 해도)을 기억하거나, 아직 벌어지지 않은 일(심지어 그것이 영영 도래하지 않을 일이라고 해도)을 선명하게 상상하는 사람은 본 적 없었다. 초희는 그런 일에 능숙했고, 또 그런 일을 좋아했다. 왕복 한 시간이 넘는 등하굣길을 모두 상상과 회상에 쓸 수도 있었다. 그는 매일매일 지나간 순간들을 꺼내어 원래의 색이 드러나도록 반들반들하게 가다듬었고, 한 번도 겪은 적 없는 장면들을 몇 차례나 쌓아보았다.

초희가 특히 좋아하던 상상은 교실에서 가장 몸짓이 우아하며 눈매가 새침한 여자애의 목숨을 구하는 장면이었다. 그 몽상은 아주 자연스레 생겨났으며 나날이 몸을 불렸다.

어느 체육 시간, 누가 고용했는지 모를 저격수가 나타나 그 여자애에게 총을 쏜다. 유일하게 그 사실을 알아챈 초희가 그 여자애를 밀쳐내고 목숨을 구한다. 머리가 길고 초승달 모양 눈썹을 가진 그 여자애는 말한다. 초희야, 고마워. 우리 단짝이 되자. 초희는 그와 함께 매해 여름 이국의 별장(그 여자애에겐 왠지 그런 집이 있을 것만 같았다)에 가는 미래, 그 미래의 미래까지도 실제의 사물을 베끼듯 그려낼 수 있었다. 당시엔 그 모든 일이 가능했다.

초희가 양손을 폈다. 손바닥이 땀으로 흥건했다. 그는 축축한 손으로 답안을 적어 제출했다.

- 당신은 초능력자인가요? 아니요.
- 초능력자가 아니라면, 다음 항목에 동의하시오.
  아무 능력도 없지만, <u>초능력자와 초능력을 믿고 또 존중한다!!!</u>

두 시간 후 가입이 허가되었다는 메일이 날아왔다.

3

제임스 랜디가 한국의 제작진과 함께 전 세계 초능력자 ― 사기꾼들을 적발하기 시작한 지도 어언 한 달, 여전히 누구 하나 100만 달러를 가져가지 못했다. 그쯤 되자 공중부양을 선보인다며 창가에서 뛰어내리거나 종이컵을 눈빛으로 옮겨보겠다고 인상을 쓰는 애들도 줄어들었다.

물론 랜디와 초능력을 향한 초희의 열정은 식지 않았다. 외려 날이 갈수록 더욱 무르익었다. 초희는 속에서 득시글거리는 열정을 잘 숨기기로 했다. 아니면 산타클로스에게 쓴 편지를 발각당한 열 살 때처럼 교실 전체의 놀림거리가 될 게 분명했다.

바로 이러한 시기에 초희는 재림을 발견한 것이다. 아니, 재림이 초희를 발견했다고 말하는 쪽이 더 옳겠다.

2003년은 학교마다 우후죽순 컴퓨터실이 생기던 시절이기도 했다. 발 빠르게 컴퓨터를 익힌 선생님 몇몇이 모니터를 품은 유리 책상에 앉아 한글이나 그림판, 워드프로세서 사용법과 이메일을 보내고 스팸 처리하는 방법 등을 알려주었다.

물론 초희를 비롯한 여러 아이는 그 수준을 일찌감치 뛰어넘어 카페와 채팅 활동에 골몰 중이었다. 그들은 컴퓨터 수업 시간마다 선생님의 눈을 피하여 각종 링크에 접속하곤 했다.

그날도 초희는 랜디 클럽의 '장기자랑' 게시판을 돌아보고 있었다. 볼 것이 그야말로 차고 넘쳤다. 사람들은 흐릿한 영상 속에서 시선만으로 물건을 옮기거나 공중에 10센티미터가량 떠오른 채 거실을 돌아다녔다. 한밤의 공원에서 희고 구불구불한 광선을 쏘기도 했다. 동영상 아래에는 그들이 언제부터 자신의 초능력을 인지했으며 또 어떻게 몰래 쓰고 있는지 등의 내용이 적혀 있었다.

초희는 댓글도 꼼꼼히 읽었다. 대부분 욕설이었다. 허접한 영상 조작은 그만하라는 말부터, 이걸 믿는 인간이라면 남 보증은 절대로 서주지 말라는 조롱까지.

그 사이에 며칠 전 초희가 쓴 댓글도 있었다. 이 중에 실제 초능력자가 있을지도 모르니 좀 더 예의 바르게 말하자는 내용이었다. 그 아래로 초희를 비웃거나 초딩이냐? 묻는 댓글들이 줄줄이 이어졌다. 초희는 또다시 축축해진 손으로 새 댓글을 썼다. 이곳은 초능력자들을 위한 카페 아닌가요? 제임스 랜디 님도 예의를 지키는데, 님들은 왜…….

새로운 댓글을 등록하고 숨을 들이마신 순간, 누군

가 어깨를 두드렸다. 고개를 돌리자 뒷자리에 앉은 여자애가 눈인사를 건넸다. 교실 전체에서 가장 몸가짐이 우아하고 눈매가 새침한 애였다. 머리가 길고 초승달 모양 눈썹을 가진 그 애였다.

재림이 초희 옆자리의 조그만 남자애(별명은 당연히 땅콩이었다)에게 양해를 구하고 자리를 바꾸기까지는 채 일 분도 걸리지 않았다. 초희는 새 학기가 시작되고 두 달 가까이 말 한마디 해본 적 없는, 홀로 몇 번이나 곁눈질하던 얼굴이 바로 곁에 다가오는 모습을 멍하니 지켜보았다.

재림은 머리카락을 귀 뒤로 쓱 넘긴 뒤 의자를 당겨 초희 옆에 앉았다. 선생님이 보든 말든 상관없다는 듯한 태도였다. 옅은 쇳소리가 섞인 음성으로 재림은 말했다.

나도 그 클럽 가입했어.

맨 앞의 유리 책상을 짚고 선 선생님이 외쳤다. 다들 집중해. 십 분 후에 표 제대로 만들었는지 검사할 거야. 재림이 몸을 휙 돌리더니 한글 파일을 켰다. 노련한 솜씨로 가로세로 여섯 개의 표를 만든 뒤 그중 하나를 클릭했다. 그다음 아주 큰 글씨로 적었다.

너도 초능력자야?

초희도 한글 파일을 켰다. 재림에 비하면 한참 버벅거리며 표를 만든 다음 그 한가운데에 적었다.

나는 아니야.

초희는 손끝이 아플 만큼 힘차게 다음 문장을 적었다. 그렇지만 초능력을 믿고, 굉장히 존중해!!! 재림이 흠, 하며 웃더니 자신이 쓴 글자를 지웠다. 그는 초희 쪽으로 몸을 돌려 표의 첫 번째 칸에 어떻게 색상을 입히는지 알려주었다. 마우스가 달칵대는 소리 사이로 재림의 속삭임이 한 번 더 들려왔다.

나는 맞아.

눈이 마주치자 재림이 씩 웃었다. 윗입술 아래로 작은 덧니가 드러났다.

뭔지 알려줄까?

초희가 고개를 끄덕였고, 재림은 방금 색을 입힌 칸 안에 한 날짜를 적었다. 당시로부터 약 반년 뒤의 날짜였다. 이날……. 재림이 말했다.

이날 너는 진흙탕에서 나뒹굴게 돼.

4

버스 옆자리에서 아람이 물었다.

"이거 혹시 첫사랑 이야기야?"

왜 그렇게 생각하느냐 묻자, 아람은 초희의 말투나 표정 모두 첫사랑 이야기를 시작하는 이의 것처럼 보여서라고 답했다. 초희는 "아니야" 하고 말했고 잠시 후에 "잘 모르겠네"라고 중얼거렸다. 재림을 향한, 재림에 대한, 재림과 관련한 마음씨나 생각들은 어느 한 가지 단어로 압축하기에는 너무 방대하거나 좀 어정쩡했다.

랜디 클럽에서 한창 활동하던 시기에도 그랬다. 재림은 늘 모호한 거리를 둔 채 초희 주위를 맴돌았다. 그들은 함께 등하교하지도, 교실에서 둘만 아는 농담을 주고받지도 않았다. 그럼에도 방과 후마다 메신저 프로그램으로 대화를 나눴다. 대화가 가장 활달해지는 시간은 단연 「도전! 100만 달러 초능력자를 찾아라」가 방영되는 일요일 저녁이었다.

그 시간이면 랜디 클럽의 게시판들도 부글부글 들

끓었다. 본인이 초능력을 갖고 있다고 주장하는 이들은 자신이야말로 진짜라고, 저 사기꾼들 대신 자기가 나타나 랜디에게 진정한 초능력을 보여주고 싶다고, 그러나 당장은 정체를 밝힐 용기가 없다고 주절거렸다.

재림 역시 비슷한 말을 했다. 일요일 저녁마다 그는 등 뒤에 설탕을 떨어트리듯 제 과거사를 털어놓았다. 초등학생 시절 갑작스레 인천으로 오게 된 일이나 담임선생님의 때 이른 죽음, 아버지가 데려온 고양이 등을 어떻게 예언했는지, 또 그 이후 자신의 정체를 얼마나 세련되게 숨겨왔는지 등등. 초희는 재림이 흘린 설탕들을 남김없이 주워 먹었다.

제임스 랜디는 2003년의 봄이 흘러가는 내내 공중부양을 할 수 있다거나 금속을 손끝으로 구부릴 수 있다는 사람들을 만났다. 동시에 그는 자칭 초능력자들의 마술 실이나 조수들을 밝혀냄으로써 여러 사람의 얼굴을 벌게지도록 만들었다.

초능력자라며 주장하던 얼굴들 위로 '가짜!'라는 자

막이 달릴 때마다 랜디의 표정 역시 클로즈업됐다. 당연한 결과라는 듯 평온하게 미소 지으면서도 어딘가 맘이 상한 듯한…… 그 표정과 마주할 때마다 초희는 랜디가 프로그램 첫 회에서 한 말, 그러니까 진짜 초능력이 있다면 눈앞에 보여달라는 그 말이 일종의 부탁이 아니었을까 추론하곤 했다.

초희는 몇 차례 재림에게 제안했다. 물론 메신저를 통해서였다. 랜디를 만나보면 어때? 제작진에게 메일을 보내봐. 저 프로그램이 끝나기 전에 말이야. 재림은 매번 엇비슷한 답을 했다. 내가 몇 년 후의 일을 예언하더라도 제작진은 기다려주지 않을 거야. 그게 밝혀지기 전까진 다들 날 바보로 볼 거고……. 무엇보다 나는 내가 진짜인 걸 굳이 인정받고 싶지 않아.

초희는 메신저 창의 글자들을 보며 홀로 물었다. 왜? 나였으면 세상 모두에게 말했을 텐데. 나는 아직 일어나지 않은 일, 그러나 곧 다가올 일, 기어코 우리 손에 쥐어질 그 순간을 예언할 수 있어요. 말인즉슨, 나는 진짜예요. 인정해주세요.

아주 가끔 재림이 거짓말하는 게 아닐까 하는 의심

이 피어올랐지만 금세 사라졌다. 초희는 여전히 아주 다양한 장면을, 본 적도 겪은 적도 없는 여러 상황을 구체적이고도 다채롭게 상상할 수 있었으나, 재림이 그를 속이는 순간만은 일절 그릴 수 없었다.

제임스 랜디가 또 다른 초능력자―사기꾼을 적발한 일요일(남의 몸속을 투시할 수 있다고 주장하던 중년 여자였다), 재림이 문자를 한 통 보냈다. 평소 주고받던 문자와는 사뭇 다른 내용이었다.
―너 8월에 뭐 해?
초희는 주방으로 달려가 벽에 걸린 일력을 넘겼다. 8월의 새하얀 여백을 본 다음 아무것도 안 해, 하고 답장했다. 곧 재림이 홈페이지 주소 하나를 보내왔다.
―나랑 여기 갈래?
그것은 부산에서 열리는 축제의 안내 웹사이트였다. 메인 페이지 한복판에는 이마와 뺨을 검게 칠하고 찢어진 티셔츠를 입은 사람들이 환호하는 사진이 걸려 있었다.
재림은 초희에게 이런 축제를 록페스티벌이라고

부른다고 설명해주었다. 올해엔 내가 좋아하는 밴드도 공연해. 재림은 그렇게 말하며 또 다른 동영상 링크를 보냈다. 긴 생머리의 여자들이 초능력에 가까울 만큼 높은음으로 노래를 부르는 영상이었다. 여자들 맞은편에서는 록페스티벌에 온 각종 몸뚱이가 춤추고 있었다. 갯벌로 보이는 진흙탕에서 펄쩍펄쩍 뛰고 양손을 들어 머리 위로 휘저었다. 여자들은 진흙탕 속에서도 품위 있게 머리채를 흔들고 있었다.

―그런데…… 여긴 부산이잖아.

초희는 인천과 부산을 오가는 열차표와 부산의 숙소값, 식비 등을 얼추 계산해보았다. 지난 몇 해간 모은 세뱃돈을 모조리 써도 아슬아슬했다. 문자를 보낸 지 몇 초 만에 전화가 왔다. 재림은 여태 들려준 적 없던, 웃음기가 잔뜩 섞인 목소리로 말했다.

바보야! 당연히 돈 안 쓰는 방법으로 가야지.

부산까지 가는데 어떻게 돈을 안 써?

수화기 너머의 목소리가 방금 본 동영상 속 여자들만큼 높아졌다. 말소리 또한 매우 빨라졌기에 초희는 온 신경을 기울여 그의 말을 들었고, 몇 가지 단어를 건져냈다. 도시락, 히치하이크, 노숙, 찜질방 등등. 한참을 망설이던 초희가 말했다.

너무 위험할 것 같은데.

아니야, 나를 믿어.

재림은 말했다. 그들이 아주 안전하게, 또 활짝 웃는 얼굴로 부산에 도착하는 미래가 보인다고.

아람이 웃었다. 초희가 그를 보자 고개를 돌리고서 말했다.

"까진 애였네."

창밖으로 막 나타난 바다가 낙조를 머금어 적갈색으로 번득였다. 초희는 해안선을 보는 체하는 아람의 옆구리를 찔렀다. 아람은 개의치 않고 차창 너머를 가리켰다.

"저기에도 까진 애들 있네."

초희가 목을 뺐다. 해안도로 가장자리에 서서 엄지손가락을 든 여자애들이 보였다. 교복 차림이었다. 버스를 비롯한 경차, 승용차, SUV, 화물차, 오토바이가 그들을 지나쳐 씽씽 달아났다.

반면 2003년의 초희와 재림은 손쉽게 차 한 대를 멈춰 세웠다. 그들 역시 어스름한 하늘 아래 서 있었다. 저녁은 아니고, 새벽녘이었다. 초희의 엄마에게는 재림네 친척 집에, 재림의 가족에게는 초희의 사촌 집에 간다고 거짓말을 하고 나온 참이었다. 두 사람 모두 헐렁헐렁한 티셔츠에 무릎까지 오는 반바지 차림이었다. 배불뚝이 배낭을 앞으로 돌려 멘 채 지나가는 차들을 향해 엄지손가락을 세워 보였다.

"그렇다고 아주 생각 없이 굴지는 않았어."

버스의 하차 벨을 누르며 초희는 말했다.

"가능한 한 여자들이 탄 차로 골랐어. 물론 선팅 때문에 잘 안 보였지만……."

아람이 한 번 더 소리 내어 웃었다. 초희는 그의 어깨를 찰싹 내리쳤.

어쨌든 그들을 태워준 사람은 여자였다. 그는 은색 경차를 몰았고, 눈초리가 당길 만큼 머리를 꽉 묶었으며, 발목까지 오는 파란색 원피스 차림이었다. 여자는 가느다란 눈으로 두 사람을 번갈아 보다가 물었다.

어디로 가는데?

초희는 재림을 쳐다보았다. 이 여자 또한 재림의 예지 속에 등장했을까? 재림은 눈짓에 답하는 대신 차 뒷좌석에 올라탔다. 몸 돌린 여자가 한 번 더 질문했다.

가출 중이니?

초희와 재림은 곧바로 부정했다. 각자의 엄마가 몸조심하라며 보낸 문자를 보여주기도 했다. 여자가 눈을 굴렸다. 문자는 조작할 수 있지, 그런 말을 하면서도 내리라고는 하지 않았다.

부산까지 가시는 거예요?

재림이 묻자 여자가 어어, 하고 애매한 소리를 냈다. 초희는 팔짱을 끼고 창밖을 바라보았다. 이른 아침 포구로부터 건너온 물안개가 공사장의 뼈대 너머로 피어올랐다.

차가 출발했다. 초희는 재림이 예언한 미래를 그려보았다. 아주 안전하게, 환하게 웃는 얼굴로 부산에 도착하는 두 사람의 모습. 운동장에서 저격수가 재림을 총으로 쏘는 광경에 비하면 한층 현실적인 장면 같은데, 아무리 애써도 잘 그려지지 않았다. 그것은 불가능한 미래처럼 느껴졌다.

어느 순간 차창으로 이어지던 공사장이 사라지고, 가려 있던 포구가 환히 드러났다. 여자의 차가 멈췄다.

화장실 좀 다녀올게.

여자는 그렇게 말하고 차에서 내렸다. 초희는 차창에 코를 붙인 채 포구를 보았다. 재림이 그의 어깨를 마구 흔들지 않았다면, 계속 바라보았을 터였다.

왜 그래?

빨리 내려, 얼른.

재림이 반대편 차창을 가리켰다. 차가 멈춰 선 갓길 건너, 몇 개의 상가 건물 사이에 파출소가 서 있었다. 푸르게 빛나는 간판을 보니 몽롱하던 머릿속이 번갯불로 밝힌 듯 선명해졌다.

두 아이가 지칫거리는 사이 파출소 문이 열렸다. 그들을 태웠던 여자가 경찰 두 사람과 함께 걸어 나왔다. 초희가 포구 쪽 문손잡이를 당겼다. 잠겨 있었다. 재림은 무지막지한 힘으로 초희를 밀치고서 잠금쇠를 풀었다. 그가 문을 열며 외쳤다.

뛰어, 뛰어!

초희는 재림의 말대로 했다. 등 뒤에서 여자와 남자의 외침이 뒤섞여 들려왔다. 멈추라는 호통 같았다. 아니면 제발 정신 좀 차리라는 소리일지도 몰랐다. 그러거나 말거나, 초희와 재림은 무작정 앞을 향해 달렸다.

이후 초희는 그 순간을 여러 차례 재생해보았다. 늘 번갈아 헐떡이는 숨소리 먼저 떠올랐다. 달리는 발에 맞춰 위아래로 흔들리던 가방과 어깨를 파고들던 가방끈, 목 바로 아래까지 범람한 듯 팔딱이던 심장도…….

초희와 재림은 끝도 없이 이어지는 듯한 골목길을 지나고 대로를 건너길 거듭했다. 더는 뛸 수 없다고, 이대로라면 초능력자 — 사기꾼의 숟가락처럼 온몸이 뚝 부러질지도 모른다고 생각한 순간, 포구가 나타났다. 막 무두질한 가죽처럼 광택이 맴도는 갯벌 위에 줄지어 묶인 배들이 떠 있었다. 갯벌 끄트머리로 방파제 그리고 공장 단지가 보였다.

초희는 숨을 몰아쉬며 포구를 둘러보았다. 전력 질주 탓에 머리가 어질어질했다. 와중에도 갯벌에 놓인 포구는 처음 봤다는 생각이 들었다. 물과 흙이 뒤엉킨 땅이 해돋이의 빛을 머금어 붉게 번득였다. 재림이 그의 등을 밀었다.

빨리, 빨리, 앞으로 가.

초희가 뒤를 돌아보았다. 재림의 얼굴은 갯벌만큼이나 빨갛게 달아올라 있었다. 그는 아직도 사이렌 소리가 들리는 것 같다고, 달리는 중에도 옆 골목에서 쫓아오는 경광등 불빛을 본 것 같다고 말했다.

그러니까 조금만 더 앞으로 가자.

초희가 반문하기 전에 재림이 한 번 더 그를 밀쳤다. 초희는 몇 미터 정도 비틀비틀 걷다가 앞으로 고꾸라졌다. 갯벌 속이었다.

물컹물컹한 펄의 감촉과 비린내가 손가락 사이를 파고들었다. 바짓단 속은 금세 한기에 점령당했다. 초희가 고개를 들었다. 수평선 위로 완전히 떠오른 해가 재림을 비췄다. 재림의 얼굴은 이제 거의 검붉었다. 마구 달려서인지 일출 때문인지는 알 수 없었다. 재림이 입을 벙긋거렸다. 초희가 제대로 듣지 못했다는 사실을 눈치챘는지 몇 발짝 더 다가와 갯벌에 발을 담갔다. 전화할 때와 마찬가지로 흥분에 겨운 목소리가 코앞에서 들렸다.

내가 말했지, 우리 처음 얘기했을 때…….

재림은 웃고 있었다. 컴퓨터실에서 초희에게 처음 말을 붙인 날, 자신의 모니터에 한글 표를 만들고 낯선 날짜를 적던 그때처럼 미소 지었다. 내가 예언했잖아. 재림이 점점 더 커지는 목소리로 말했다. 너 이날 진흙탕에서 나뒹굴게 될 거라고. 그러더니 몸을 숙이고 외쳤다.

내 말 맞지!

버스가 마트 정문 앞에 멈춰 섰다. 정류장에 내린 아람이 말했다.

"까진 수준이 아니었네. 그쯤 되면 허언증 아니야?"

아람이 문 옆에 줄지어 선 카트 중 하나를 꺼냈다. 그들은 나란히 채소 코너로 향했다.

"근데 하긴, 그때 여자애들한테 흔한 일이긴 하다."

"뭐가 흔해?"

"거짓말하는 거 말이야. 주위에 특별해 보이려고."

채소 코너 앞에 선 아람이 콩나물 두 단과 가래떡, 알배추, 청경채, 대파와 실파, 새송이버섯과 느타리버섯 그리고 아이스크림을 카트에 연이어 담았다.

"과일도 좀 살까?"

"귤 많잖아."

그 말에 수긍하는 옆얼굴을 초희는 물끄러미 보았다. 12월 27일, 오늘 기준으로 하루 뒤에 본인이 죽는다고 선언한 후로 아람은 내내 초희의 눈치를 봤다. 미친 사람을 보는 눈길도, 초희가 무슨 짓을 저지를지 몰라 겁내는 눈길도 아니었다. 다만 무언가 할 말이 있는 듯했고, 그럼에도 차마 입을 못 여는 기색이었다. 와중에 갑자기 연말 기념용 잡탕전골을 만들자고 제안한 것이다.

초희가 물었다.

"그럼 너는 어떤 거짓말을 했어?"

아람이 소리 없이 웃었다. 초희가 카트를 꽉 붙잡자 곧 얼굴을 붉혔다. 창피한 이야기를 할 때면 아람의 목소리는 변성기가 온 소년처럼 갈라지곤 했다.

"나는…… 동물들이랑 말할 수 있는 척했어. 개나 고양이, 가끔은 왜가리도."

초희가 목을 젖히고 웃었다. 아람이 계산대로 카트를 돌리며 말했다.

"지는 사기도 당했으면서."

"아냐, 나도 아주 호구는 아니었어."

확실히 초희의 마음은 부산 록페스티벌 사건 후로 일변했다. 페스티벌을 향한 예언이 갯벌에서 뒹구는 것으로 끝나면서부터.

개학한 첫 주, 초희는 변한 마음을 한번 마주해보기로 했다. 점심 종이 울리자마자 그는 컴퓨터실로 갔다. 먼저 랜디 클럽부터 뒤지기 시작했다. 재림의 닉네임을 찾기 위해서였다.

비록 학교에서는 서로 다른 무리와 어울려 다녔지만(초희는 감히 재림의 무리에 말도 걸지 못했다) 방과 후마다 그리고 방학 내내 메신저를 주고받고 통화까지 했으면서, 재림은 절대 자신의 닉네임을 말해주지 않았다. 초희는 자기소개 게시판에 온갖 단어를 넣고 검색했다. 예언, 중학생, 친구, 진흙탕, 사기, 거짓말, 초능력, 진짜 초능력자…….

끝내 재림의 닉네임은 발견하지 못했다. 다만 검색어에 걸린 몇 가지 게시글이 초희의 눈에 띄었다. 한 글쓴이는 친구가 특별한 힘이 있는 양 본인을 속였으며, 초능력자인 척 한심한 짓거리를 하고 돌아다닌다며 열변을 토했다. 초희는 댓글 역시 유심히 살폈다. 대체로 글쓴이 또는 글쓴이의 친구를 놀리는 내용이었으나, 간혹 쓸 만한 의견도 있었다.

—제보해봐요.
—[글쓴이] 누구한테요??
—그야 당연히
—제임스 랜디죠.

분명 어렵지 않은 일이었다. 「도전! 100만 달러 초능력자를 찾아라」의 제작진은 언제든 제보를 받기 위하여 시청자 게시판을 열어놨으니까. 초희는 망설이지 않았다. 바로 시청자 게시판으로 향했고 작성 버튼을 눌렀다.

랜디!

아니…… 랜디 선생님.

글을 쓰는 내내 초희는 정중한 어조를 지키려 노력했다. 자신이 한국 중학생이며 이 프로그램의 애청자라 소개한 뒤 본론으로 들어갔다.

저한테 친구가 있고 걘 예언자인데요, 아니, 지가 예언자라고 그러는데요.

초희는 재림과의 첫 만남부터 시작하여 그가 설탕을 흘리듯 들려주던 옛이야기, 그리고 지난주 펄에서 뒹군 경험까지 모두 적었다. 글자를 더할수록 분이 올랐다. 그간 일어난 사건과 말 그리고 마음들을 정리할수록 재림이 거짓말을 했다는 확신이 들었다. 그 애는 언제나 시치미만 떼지 않았던가. 초희가 눈치를 보다가, 혹시 우리 내년에도 같은 반이 돼? 물으면 그는 한숨을 쉬고 말했다.

미래는 모르는 게 나아.

그러고선 불쑥 슬픈 표정을 지어 보이는 것이었다. 그야말로 어떤 질문도 할 수 없게 만드는 얼굴이었다.

결국 걔는 진흙탕에서 제가 구른 일만 맞혔거든요. 그것두 지가 밀.어.서.요.

마침표를 연달아 찍은 초희가 양 눈을 비볐다. 이마까지 올라온 열기로 눈 안쪽이 시큰거렸다. 초희는 계속해서 썼다. 재림에 대해, 그의 예언에 대해, 지난 반년간 자신이 그 예언을 얼마나 소중하게 여러 번 곱씹었는지 ─ 그리고 재림이 그 믿음을 어떤 굴욕으로 돌려주었는지에 대해서.

글쓰기가 끝나자 화면 오른쪽 스크롤바는 짧고 뭉툭하게 변해 있었다. 초희는 인터넷 창을 닫았다. 비로소 허기가 느껴졌다. 점심시간이 끝나기까지 아직 십 분가량이 남아 있었다. 매점에서 빵이라도 사 와야지, 생각하며 자리에서 일어섰다.

벌어진 일이든 다가올 일이든, 일단 게워낸 뒤에는 속이 후련해지기 마련이다. 초희는 뱀에 물린 상처에서 독소라도 빼낸 사람처럼 개운한 얼굴로 컴퓨터실을 나섰다. 매점이 닫기 전에 도착하려고 서두르는 바람에 뒷문 앞에 서 있는 재림도 채 보지 못했다.

빵과 우유를 급하게 먹은 탓인지 오후 내내 배가 아팠다. 그래도 글을 쓰길 잘했어, 초희는 생각했다. 마지막 수업이 끝날 때까지 그는 재림에 대한 글이 여러 사람의 결정과 논의 끝에 랜디에게로 전해지는 순간을 그려보았다. 전 세계에서 가장 전문가다운 얼굴을 한 그 남자가 재림을 불러내는 모습이 TV로 전국에 생중계되는 것이다.

랜디는 판관처럼 엄중한 음성으로 재림에게 말한다. 당신…… 당신도 진짜가 아닙니다(사기꾼!). 뒤이어 으레 짓는 그 묘한 얼굴, 실망 같기도 경멸 같기도 한 그 얼굴로 재림을 응시할 것이다. 어찌할 줄 모르고 겁에 질린 재림의 표정 역시 만져지는 듯했다. 초희는 상상 속 재림의 수치에 깊이 몰두한 나머지, 뒷자리에 앉아 자신을 노려보던 재림 역시 기어이 눈치채지 못했다.

하굣길에서도 마찬가지였다. 재림이 가방끈을 꽉

붙들고 그의 뒤를 밟는 동안 초희는 어떤 기미도 알아채지 못했다. 사거리 보도에서 재림이 그의 등을 퍽 쳤을 때야 상상의 황홀경에서 현실로 돌아올 수 있었다.

초희가 고개를 돌렸을 때 그곳에는 한 번도 본 적 없는 표정을 한 재림이 서 있었다. 만지긴커녕 눈도 마주치지 못할 듯한 얼굴로 그는 말했다.

따라와.

기적처럼 녹색 신호가 켜졌다. 보도를 건너 골목으로 접어든 다음 텅 빈 놀이터에 다다를 때까지, 재림은 아무런 말도 하지 않았다. 고요한 뒤통수를 보던 초희는 앞으로 어떤 일이 벌어질지 예감했다. 그토록 강렬하고 견고한 예감은 여태껏 한 번도 느껴본 적 없었다. 감히 예언이라고 이름 붙여도 될 만했다.

그러니까…… 재림은 초희를 버릴 것이었다.

저기 앉아.

놀이터에 선 재림이 턱짓으로 그네를 가리켰다. 초희가 고개를 젓자 다시 한번 말했다.

앉으라고.

컴퓨터실에서 땅콩에게 자리를 바꿔달라 말할 때

만큼이나 엄중한 음성이었다. 초희가 주춤주춤 그네에 앉았다. 재림이 그의 어깨를 밀었다. 모래밭 위에 뜬 초희의 그림자가 앞뒤로 흔들렸다.

네가 쓴 글 봤어. 로그아웃도 안 하고 갔더라.

무슨 글?

씨발, 나 다 봤다고.

초희가 입술을 깨물었다. 혀가 탄 맛이 목구멍 안까지 느껴졌다. 재림은 계속 말했다.

점심때 컴실 갔었지? 너 나가자마자 뭐 했는지 다 봤어. 기록에 다 남아 있더라. 컴퓨터라도 끄고 가지 그랬냐?

재림이 이번에는 양손으로 초희를 밀었다. 그네 손잡이를 꽉 붙들었으나, 땀에 젖은 손은 금세 손잡이에서 미끄러져 내렸다. 그네째 날아간 초희는 공중에 잠깐 떠 있었고 곧 바닥을 나뒹굴었다. 모래알이 팔뚝과 허벅지, 뺨의 살갗을 파고들었다.

초희는 입술에 붙은 모래알을 뱉었다. 눈을 내리깔자 땅에 달라붙은 그림자가 보였다. 펄에 반사되던 일출의 빛이 어른거렸다. 초희는 고개를 들었다. 본인이 내던져진 양 헐떡거리는 재림에게 물었다.

왜, 내가 글 쓸 거라곤 예언 못 했어?

그는 양손을 털고 일어섰다. 모래알이 박힌 자국이 손바닥 가장자리와 무르팍에 빨갛게 남아 있었다. 재림의 눈가와 뺨도 비슷한 색으로 짓물러 있었다. 두 사람 간 거리는 몇 발짝도 채 되지 않았다. 손을 뻗으면 푹 젖은 재림의 얼굴도 만질 수 있을 것이었다. 만질 수 있다면 붙잡을 수도 있을 테고, 그렇다면…….

그러나 초희는 손을 뻗지 않았다. 꼼짝도 하지 않고 모래 위에 서 있었다. 붉으락푸르락한 재림의 낯을 실제로 마주하니 속에서 요란한 소리가 들끓었고, 그게 너무 시끄러워 정신을 차릴 수 없었다. 그 소리를 다른 소리로 덮기 위해, 초희는 마구 떠들었다.

초희는 그날 한 말을 아람에게 털어놓지 않았다. 두 가지 이유 때문이었다. 첫째, 아무리 이십여 년 전이라 해도 당시 제 바닥이 어떠했는지 ─ 그러니까 얼마나 '까졌는지' 알려주기 싫어서였고, 둘째, 초희 자신도 그 상황을 거의 다 잊어버려서였다.

초희는 그 순간을 오래도록 스스로에게도 숨겨왔고, 얼마간 성공했다. 이제 기억에 남은 것이라곤 초희 자신이 연달아 발음하던 거짓말쟁이, 가짜, 사기꾼 같은 단어 정도였다.

아람이 물었다.

"그리고 어떻게 됐어?"

"다시 그네에 앉았어."

초희는 재림을 마주 보고 앉아 그네를 탔다. 예상과 달리 재림은 떠나지 않았다. 그는 젖은 눈을 비비고 두 뺨을 문질러 닦았다. 평소의 새침한 낯으로 돌아오더니 가방을 앞으로 돌려 멨고, 공책 한 권을 꺼냈다. 그중 한 장을 북 찢더니 앞뒷면에 샤프로 무언가 썼다.

"그걸 이렇게 구겨서 둥글게 말더니……"

서른이 훌쩍 넘은 초희가 보이지 않는 종이를 마구 구겼다. 그들이 탄 버스가 초희의 손짓에 응답하듯 위아래로 덜커덩거렸다. 초희는 보이지 않는 종이뭉치를 버스 복도에 내던졌다.

"이렇게 내 얼굴에 던졌어."

초희와 아람은 보이지 않은 종이가 던져진 바닥을

초능력 연습

봤다. 뒤이어 서로의 얼굴을 마주 보았고, 창밖으로 눈길을 돌렸다. 이번에는 초희가 앉은 창가로 바다가 지나갔다. 해 질 녘보다 잔잔해진 수면 끝자락에서 어선의 불빛들이 깜빡였다. 그중 하나는 등대라고 했다.

"그 종이에 네가 죽는 날짜가 적혀 있었다는 거지?"

"응, 뒷면에 적힌 건 올해 연도고."

"내일이구나."

"맞아."

"정확히 뭐라고 하던?"

"너 그날 죽어, 하던데."

아람이 웃었다. 초희도 웃었다. 2003년의 초희 역시 웃음을 터뜨렸다. 그렇게 하면 재림의 수치심에 더욱 큰 불을 지필 수 있으리라 생각했다. 재림은 웃지 않았다. 대신 이렇게 물었다.

웃기지? 그날 되어서도 웃긴지 한번 봐.

버스에서 내린 초희와 아람은 장바구니를 한쪽씩 잡은 채 집으로 갔다. 아람이 더는 질문하지 않았기에 초희 역시 아무 말도 하지 않았다.

아람은 집에 들어서자마자 주방으로 갔다. 휴대용

버너를 꺼내 거실 정중앙의 탁자에 올려놓았다. 그 위에 둔 전골냄비에서 물이 보글보글 끓을 때까지, 두 사람 모두 침묵을 지켰다.

"뭐부터 넣을까?"

아람이 물었고, 초희가 소리를 질렀다.

"안 가면 안 돼?"

아람이 빤히 초희를 보았다. 초희는 눈물을 닦은 다음 말했다.

"나 내일 죽는다잖아."

5

2003년이 끝날 때까지 초희와 재림은 어떤 말도 주고받지 않았다. 교실이나 등하굣길에서는 물론이고, 메신저 대화창에서도 침묵을 지켰다. 아주 드물게 시선이 마주치면 재림 쪽이 서둘러 피했다. 그때마다 초희는 계획한 사람처럼 상처받았다. 이듬해 재림의 전학 소식을 들었을 때도 마찬가지였다.

재림은 나한테 상처 주고 싶어서 여길 떠난 것이다.
초희는 일기에 썼다.

우리는 그만큼 복잡하고 또 깊은 사이였으니까. 알고 보면 말이다.

제임스 랜디는 재림이 인천을 떠나기 한참 전에 한국을 떠났다. 초희의 게시물은 끝내 랜디에게 전해지지 못했다. 제작진인지 아르바이트생인지 알 수 없는 누군가의 댓글만이 달렸을 뿐이다. 국내 초능력자에 관한 제보가 너무 많아서, 당장은 새로운 검증 제보를 받기 어렵다고 했다. 댓글은 이렇게 마무리됐다.

저희 프로그램에 보여주신 관심과 애정에 감사드립니다.

마지막 회까지 랜디는 진짜 초능력자를 찾아내지 못했다. 100만 달러 역시 누구에게도 쥐어지지 못하고 도로 허공을 떠도는 운명에 처했다. 초희는 100만 달러를 받아낸 재림의 모습을 거듭 상상했다. 일어난 적도, 벌어질 리도 없는 일인데 자꾸만 갓 겪은 것처럼 생생히 그려졌다.

"삼 년 전에 말이야."

초희가 말했다.

"섬에 처음 왔을 때 기억나?"

아람은 고개를 끄덕이며 초희의 접시에 팔팔 끓는 전골을 덜어주었다. 초희는 후후 불어 한 입을 먹었다. 짧은 사이 버섯과 배추, 달걀 모두 따끈하고 부드럽게 변해 있었다.

"그때 제임스 랜디의 부고를 들었어."

부고라는 단어가 버섯과 배추 그리고 달걀과 함께 혀를 한 바퀴 굴렀다. 직접 발음하니 한층 생경한 단어였다. 부고란 잘 아는 사람, 적어도 한 번쯤은 만나본 사람에게나 붙여야 할 단어 같았다. 초희는 생경함에 개의치 않기로 했다. 그날 그는 조금 울었고, 방 벽에 종이를 붙였다.

"저 날 진짜 죽을 것 같아서?"

"그럴 수도 있겠다 싶었고."

"무서웠어?"

"음, 그렇다기보다……."

초희는 벽시계를 확인했다. 네 시간 후면 12월 27일.

본래 이즈음 아람에게 말할 계획이었다. 만일 내가 내일…… 재림의 예언대로 된다면, 재림에게 연락해달라고. 내가 틀렸으며 네가 맞았다 전해달라고 말하려 했다. 그 순간 아람과 재림의 표정이 너무 궁금해서, 만일 죽는다면 반드시 유령이 되어 보러 가겠다고 생각했다.

"나랑 같이 가면 안 돼?"

초희가 아람에게로 눈길을 돌렸다. 아람은 전골을 한 국자 더 퍼서 초희의 접시에 부어주며 말했다.

"같이 가. 그리고 나랑 계속 함께 살아."

"아람아."

"어."

"너 정말로 동물이랑 말을 했어?"

아람이 성을 낼 듯 눈썹을 우그러뜨려 초희는 얼른 손을 저었다. 놀리는 게 아니라고 누차 부인했다. 다만 자신이 예전에 아주 열심히 초능력 연습을 해서, 아람 또한 그런 게 아닌가 생각했을 뿐이라고.

한 단계쯤 수그러든 아람이 물었다.

"어떤 연습?"

초희는 창밖을 보았다. 반쯤 열어둔 창틈으로 대로 건너의 파도 소리가 들려왔다. 눈앞에 보이진 않았으나, 분명 저기 어디쯤에 들끓고 가라앉길 거듭하며 움직이는 물이 있었다.

제임스 랜디가 '진짜'라고 인정한 사람, 아니, '진짜'라고 인정할 뻔한 사람이 한 명 있었다.

그 남자는 레코드판을 보는 것만으로 거기 무슨 음악이 담겼는지 알 수 있었다. 원리 자체는 간단했다. 남자는 시력이 탁월했고, 오래 또 자주 레코드판으로 음악을 들었다. 시간이 흐르자 그는 레코드판에 새겨진, 매우 미세한 홈의 모양만으로 음악을 구별하고 또 각각의 정체를 맞출 수 있게 되었다.

남자의 이야기를 들은 랜디는 말했다.

사람이 이런 일까지 할 수도 있군요.

랜디가 상금을 건넸으나(그때 상금은 아직 1만 달러였다) 남자는 거절하고 떠났다.

이건 초능력이 아니에요.

그는 말했다. 자신은 그저 레코드판을 오래 들었고,

들여다봤으며, 그리하여 거기 새겨진 모양을 외웠을 뿐이라고. 이 모든 건 그저 연습의 결과였다.

초희는 랜디 클럽에서 읽은 그 이야기를 오래 품고 다녔다. 시간이 날 때마다 꺼냈고 또 들여다봤다. 너무 자주 만져 주머니 속에서 반들반들해진 돌멩이처럼, 이야기에는 금세 광택이 맺혔다. 돌멩이를 뒤집으면 반대쪽 면에 새겨진 얼굴이 나타났다. 교실에서 가장 새침한 눈매와 초승달 같은 눈썹이 도드라졌다. 그 얼굴은 한글 파일을 잘 다루고 히치하이크에도 능숙했으며 아무도 모르는 밴드를 속속들이 꿨다.

그 모든 것을 레코드판 보듯 들여다보고 싶었다고 말하면 어떤 표정을 지었을까? 그 질문은 초희의 머릿속을 자주 어지럽혔고 여러 번 점령했으며 시간이 지났어도 꽉 달라붙어 떨어지질 않았다. 일어난 적도 벌어질 리도 없는 한 가지 장면을 오래 또 여러 차례 그리며 초희는 기대했다. 이토록 자주 곱씹다보면 어느 순간 바라던 장면 앞에 진짜로 도착할지도 모른다고. 언젠가부터 시선만으로 레코드판의 음을 들을 수 있게 된 그 남자처럼 말이다.

그런고로 자신은 아주 오래 연습했다고, 초희는 말했다. 목적만 달라졌을 뿐이지 지금도 연습 중인 건지도 모른다고.

아람은 초희가 늘어놓는 연습의 방법과 그 미미한 효과를 얌전히 들었다. 전골은 끓었다가 식기를 반복했다. 파도 소리가 계속 집 안으로 몰려 들어왔고 흥에 겨운 초희는 결국 밤바다를 보러 가자고 제안했다. 아람은 고개를 끄덕였다. 긴 머리를 힘껏 묶고 발목을 덮는 파란 원피스에 코트만 걸친 다음 집을 나섰다.

바다가 보일 즈음, 파묻은 기억 하나가 기어이 솟아올랐다. 초희가 의도한 바는 아니었다. 요 며칠 초능력 연습에 더 매진한 결과인 듯싶었다.

그건 초희가 직접 묻은 기억이었다. 재림과 처음이자 마지막으로 싸운 오후의 기억이기도 했다. 그날 초희는 외쳤다. 넌 가짜, 거짓말쟁이, 사기꾼이야. 그는 바닷바람을 맞은 양 짠 내로 축축한 얼굴을 비비며 말했다.

네가 진짜라면 제발 증명해. 난 널 믿었잖아. 거기

보답하란 말이야.

2003년의 초희는 엉엉 울었다. 애걸복걸 비는 사람처럼 발도 굴렀다. 그날 재림은 초희의 부탁을 들어주었다. 미워 죽겠다는 얼굴을 하고서.

바다가 보여 초희는 멈춰 섰다. 아람이 몇 걸음 앞서갔다. "춥다" 하고 소리를 질렀다. 비리고 짠 냄새 너머에서 보이지 않는 파도가 철썩였다. 초희는 잰걸음을 해 아람 옆으로 갔다. 오래 외면한 기억을 이리로 저리로 굴렸다. 왜인지 웃음이 났다.

이것이 그날 두 사람이 본 바다다.

두 사람은 몸을 옹송그린 채 수평선을 보았다. 양팔을 쥔 채 떨었다. 지나간 것, 다가올 것, 당장 마주한 것에 관해 이야기했다. 자정을 넘긴 후에도 한참을 더 서 있었다.

· 「초능력 연습」 사진 도움: 공연희, 채소이

Entanglement

포춘가든

서장원

그곳의 이름은 '포춘가든'이었다. 십일 년 전, 호정 언니는 결혼을 약속한 남자친구와 함께 그곳에 들렀다. 일부러 찾아간 것은 아니었고, 춘천을 여행하던 중에 사주카페 간판을 보고 들어간 것이었다. 사주를 보는 여자는 두 사람의 궁합이 무척 나쁘다고, 결혼한다면 둘 다 심하게 마음고생을 할 거라고 장담했다. 호정 언니는 기분이 상했지만 그 말을 진지하게 받아들이지는 않았다. 그때 호정 언니는 운명을 믿지 않았다. 태어난 시간에 따라 운명이 정해진다는 말은 더더욱 안 믿었다.

"그런데 그때 들은 얘기가 다 맞았어. 하나도 빠짐없이."

며칠 전에 호정 언니는 말했다. 그러고는 거기에 다

시 가서 점을 볼 작정이라며, 같이 가겠느냐고 내게 물었다. 나는 가겠다고 대답했다. 한 번쯤 내 운명을 점쳐보고 싶기도 했고 호정 언니와 단둘이 춘천에 가는 일도 욕심이 났다. 호정 언니와는 벌써 일 년 가까이 알고 지냈지만 함께 멀리 가본 적이 없었다. 단둘이서 시간을 보낸 일도 없었다. 기회가 된다면 한 번쯤 그렇게 해보고 싶었다.

도착했을 때 포춘가든은 텅 비어 있었다. 스무 살쯤 되었을까 싶은 앳된 직원이 우리 자리로 다가와 큼직한 메뉴판을 건넸고, 한참 뒤에야 수첩과 명리학 책을 든 여자가 나타났다. 여자는 의자를 끌어와 우리 테이블에 자리를 잡고는 책과 수첩을 나란히 펼쳤다. 여자가 뭐라고 더 말하기 전에, 호정 언니가 먼저 물었다.

"남편이랑 오랫동안 사이가 안 좋았는데, 앞으로 회복이 될지 궁금해서요."

"사주가 아니라 궁합을 보려고?"

"네, 궁합으로 할게요."

"자기랑 자기 남편 생시 한번 불러봐."

남편. 나는 그 말을 웅얼거리며 테이블 건너편의 호

정 언니를 바라봤다. 호정 언니는 내 시선을 피하고 있었다. 그전까지 언니는 그 사람을 남편이라고 부른 적이 없었다. 대화 중에 지칭할 일이 있으면 아이 아빠라고 말했고, 처음 우리 집에 들른 날에는 자신의 결혼생활은 완전히 끝났다고, 아이 아빠와는 부부가 아닌 공동양육자 관계를 맺고 있다고 설명했다. 나는 여자가 정갈한 필체로 수첩 위에 적어둔 숫자들, 두 사람이 세상에 나온 날짜와 시간을 바라보며 호정 언니와 함께 보낸 저녁들을 떠올렸다. 그리고 얼마 전, 호정 언니와 내 애인 영인이 어떤 대화 끝에 끝내 기억해내지 못한 이름이 머릿속에서 깜빡였다. 스탠퍼드 블래치. 그래, 그 사람 이름은 스탠퍼드 블래치였다.

o o o

스탠퍼드 블래치는 드라마 「섹스 앤 더 시티」의 등장인물로, 주인공인 캐리의 친구 역할이다. 한때 여자들이 선망하곤 했던 게이 친구 스테레오타입의 원조 격이지 싶다. 그는 캐리가 전화를 걸기만 하면 밤낮없이 달려와 구구절절한 캐리의 연애사를 경청한다. 캐리가 주최한 파티에서 '게이답게' 알록달록한 슈트를 차려입고 흥을 돋우기도 한다. 숙취에 절어 늦잠을 자는 캐리를 깨우거나 신이 나서 뉴욕 밤거리를 뛰어다니는 캐리를 진정시키는 것도 그의 몫이다. 스탠퍼드 블래치 역은 배우 윌리 가슨이 연기했는데, 기자들은 윌리 가슨에게 '진짜 게이'가 아니냐고 질문하곤 했다. 어느 인터뷰에서 윌리 가슨은 말했다.

"사기꾼을 연기할 땐 아무도 저한테 진짜 사기꾼인지 묻지 않았는데, 게이인 배역을 맡으니 그런 오해를 받더군요."

「섹스 앤 더 시티」를 불법 다운로드해서 정주행하던 시절엔 그 말이 참 그럴듯하게 들렸는데, 포춘가든에 앉아 그 인터뷰를 다시 읽자 생각이 달라졌다. 성소수자 역할로 주목받은 뒤에 자기는 이성을 좋아한다고 인터뷰하던 배우들, 황당하다는 얼굴로 자기는 그런 사람이 아니라고 말하던 사람들이 겹쳐 보였던 것이다. 유튜브나 X를 돌아다니다가 그런 내용의 기사나 영상 클립을 접하면 나는 기분이 나빠졌고, 곁에 영인이 있으면 영인을 툭툭 건드렸다. 그러고는 저 사람들은 영화나 드라마의 소재가 되기엔 너무 사소하고 치사스러운 문제들, 그러나 우리의 삶에는 산재해 있는 자잘한 불편들에 대해 한 번도 생각해보지 않았을 거라고 투덜거렸다. 그러면 영인 역시 온갖 미디어에 등장하는 퀴어 캐릭터와 그걸 소비하는 방식에 불평불만을 쏟아냈다. 물론 그건 생산적인 대화가 아니었고 우리는 얼마쯤 피해망상과 자기 연민에 젖어 있었다. 나도 그런 생각과 말을 좀 멈추어야 한다는 걸 알았다. 하지만 그들의 당황스러운 표정이나 허공에서 크게 휘저어지는 손 같은 걸 자꾸 생각하게 됐다. 그 생각이 나를 못나게 만든다는 걸 알면서도 그랬다.

사소하고 치사스러운 문제라면, 이를테면 팥떡 문제 같은 것이 있었다. 그해 봄 나와 영인은 이사한 아파트에 팥떡을 돌리는 일을 두고 오래 고민했다. 이웃들에게 팥떡을 돌릴지 말지, 어느 편이 우리가 새로운 곳에서 무탈하게 사는 데 도움이 될지에 대해 답이 나오지 않는 대화를 이어갔다. 여기서 우리란, 나와 영인 그리고 홍시를 말했다.

홍시는 연갈색 눈과 노르스름하고 짧은 털을 가지고 있는 사랑스러운 강아지였다. 전체적인 체형은 진돗개와 비슷했지만 일반적인 진돗개보다는 조금 더 작았다. 귀의 모양이나 눈의 색깔로 미루어 여러 견종이 섞인 듯했다. 홍시는 예민하고 소심해서 초인종 소리나 현관 밖에서 들려오는 발소리, 문 앞에 택배 상자가 부려지는 소리에도 깜짝 놀라곤 했다. 그리고 겁에 질려 큰 소리로 짖어댔다. 우리가 전에 월세로 살던 연립주택에선 이 상황이 심각한 문제가 됐다. 층간소음으로 인해 집주인이 두 번이나 찾아왔던 것이다. 이후 나와 영인은 이사를 결심했고, 전세 사기의 문턱까지 갔다가 디딤돌 대출을 받아 집을 매입하는 것으로 방향을 선회했다. 그리고 1999년에 지어진 지금의 아파트로, 서울 마포구에서 경기도 남양주로 이사했다. 향후 삼십오 년간 갚아야 할 돈을 대출받았지만 이곳은 우리 집이었다. 이곳에선 홍시가 짖는 일 정도로는 우리를 내쫓을 수 없을 거였다. 하지만 이사를 앞두고는 나도 영인도 다시 홍시가 짖는 일을 걱정하게 됐다. 영인은 누군가 화난 채로 우리 집 문을 두드리기 전에 우리가 먼저 팥떡을 들고 인사를 하자고 제안했다.

"얼굴 아는 사람한텐 박해지기가 힘들잖아."

일리가 있는 말이었다. 다만 한편으론 인사를 건네며 이웃 사람들에게 우리의 존재를 각인시키는 일이 과연 괜찮을까 싶었다. 사람들은 생각보다 남의 일에 관심이 많았고 눈치도 빨랐다. 팥떡을 받은 이웃 주민이 영인이나 나에게 신혼부부냐고 묻는다면 뭐라고 대답해야 할까? 영인은 자매끼리 함께 산다고 하면 그만이라고 말했지만 어떤 사람들은 그 말을 믿지 않을 듯했다. 어쩌면 집요한 눈길이 우리를 바라보게 될지도 모를 일이었다.

나와 영인은 오랜 고민 끝에 옆집과 윗집, 아랫집에만 떡을 돌리자는 결론에 이르렀다. 아파트는 한 층에 세 세대가 사는 구조였으므로 그렇게만 해도 여덟 번, 한 사람당 네 번씩 문을 두드려야 했다. 호정 언니를 처음 만난 것도 그렇게 팥떡을 들고서였다. 호정 언니는 우리 바로 윗집에 살고 있었다. 내가 팥떡을 전할 마지막 집이었다. 호정 언니는 강아지가 짖는 것 정도야 괜찮다면서, 자기네 집에도 초등학생인 아이가 있다고, 가끔 시끄러울지 모른다고 양해를 구했다.

"개가 짖는 걸 어쩌겠어요."

"어린애가 어떻게 가만히 있어요."

우리는 그런 말들을 잠깐 주고받았고, 호정 언니는 줄 것이 있다며 나를 문 앞에서 기다리게 했다. 잠시 뒤 호정 언니가 반투명한 플라스틱 용기를 건넸다.

"저희 집에선 다 못 먹어서요."

집으로 돌아와 용기를 열자 부채꼴로 잘라놓은 케이크 한 조각이 보였다. 바깥쪽에 파란색 버터크림을 바른 레터링 케이크였다. 원래 어떤 글자가 써 있었는지는 알아볼 수 없었지만, 제법 정교하고 정성 들인 모양인 건 알 수 있었다. 몇 주 뒤에 영인은 윗집의 호정 언니가 준 것이라며 잘 익은 파김치를 식탁에 올렸다. 케이크를 먹은 그릇에 당근라페를 담아 돌려줬더니 이걸 들고 내려왔더라면서.

"아니 근데, 어떻게 알게 된 거야?"

"엊그제 요 뒤에서 만나서 얘기했는데 좋은 분 같

아서."

'요 뒤'라면 아파트 끝 동 뒤편에 마련된 흡연 공간을 말할 거였다. 나는 그 사람이 담배를 피우는구나, 짐작했고 조금은 대단하다고 생각했다. 이사한 지 두 달이 다 되도록 나는 그곳에 영인이 아닌 다른 여자가 머무는 모습을 본 적이 없었다. 하물며 윗집 여자는 아이가 있다고 했다. 이 아파트촌에서 아이 엄마이자 공공연한 흡연자로 지내는 게 쉬울 리 없었다. 나는 조금 감탄스러운 마음으로 붉은 양념이 잘 밴 파김치를 한 젓가락 집어 올렸다. 곧 영인이 주방 가위를 가져와 파김치를 잘라주었다.

"그래서 말인데, 우리 집에 한번 오시라고 할까?"

"우리 집에 오는 건 좀. 자매끼리 사는 집이라고 할 거야, 뭐야."

"그게, 호정 언니도 하와이에서 혼인신고한 친구가 있대."

"너 그 사람한테 우리 얘기를 했어?"

나는 조금 놀라서, 영인의 부주의함을 탓할 마음으로 소리쳤다.

"안 했어. 그냥 우리를 알아본 것 같아. 내가 사촌 동생이랑 같이 산다니까 대뜸 그러더라고. 그리고 에코백에 무지개 강아지 배지 달려 있던데?"

무지개 강아지라는 말에 나는 한여름에 열렸던 퀴어문화축제를 떠올렸다. 성소수자 활동가 단체 부스에서 팔던 강아지 모양 배지를 영인은 몹시 갖고 싶어 했는데, 우리가 갔을 땐 이미 품절되어 사지 못했다.

"그런데 배지가 그것만 있는 것도 아니었어."

영인은 그렇게 말하곤 자신이 알아본 몇 가지 배지를 읊어주었다. 그것들로 미루어보아 호정 언니는 앨라이였고, 동물권에 관심이 있었으며, 팔레스타인의 해방을 지지했다. 경기도의 아파트촌에서 이런 이웃을 만나기는 쉽지 않을 듯했다. 거기까지 생각이 미치자 나는 살짝 조바심이 났다. 윗집에 사는 호정 언니라는 사람이 내가 이 타이밍에 붙잡아야 하는 운명적인 인연처럼 느껴졌다. 나는 종종 그런 감정에 사로잡혔다. 코드가 맞을 것 같은 사람을 발견하고는 혼자서 내적 친밀감을 잔뜩 쌓아버리는 것이었다. 그런 다음에는 혼자 축적해둔 감정의 무더기가 부끄러워져서

선뜻 다가가지 못했다. 나는 내 감정을 잘 숨기자고, 적당한 순간에 적당한 만큼만 드러내자고 작정했다.

마침내 호정 언니가 로제와인을 사 들고 우리 집의 문턱을 넘어온 저녁, 처음 보는 사람에게 배를 보이고 드러누운 홍시를 보면서 나는 괜스레 민망해졌다.

"얘 완전 순둥이네요?"

호정 언니가 홍시의 배를 토닥이며 물었다.

"겁이 많아서 그렇지, 사람은 되게 좋아해요."

영인이 답했다. 그러고는 홍시의 입양 스토리를 술술 풀어놓기 시작했다. 홍시가 설렁탕집 옆의 한 평쯤 되는 공간에 갇혀 잔반을 먹던 일이며, 어느 날 갑자기 설렁탕집이 폐업하고 홍시도 사라져버린 것, 그렇게 사라진 홍시를 유기동물 보호소 홈페이지에서 발견하고는 집으로 데려온 일까지 모두 다. 호정 언니는 홍시를 쓰다듬으며 "너 고생이 많았다" "그런데도 이렇게 사람을 좋아해?" 하고 홍시에게 말을 거는 식으로 영인의 이야기에 추임새를 넣었다. 곧 이야기는 호정 언니가 정기적으로 후원하는 유기묘 보호소로 넘어갔다. 호정 언니는 나와 영인이 짐작한 대로 동물권에 관심이 많았고, 퀴어 부부를 지인으로 둔 앨라이이기도 했다. 나와 영인은 호정 언니의 휴대전화를 넘겨받아 사진첩에 저장된 고양이 사진을 구경했다.

"사실 여기서 이런 이웃을 만나게 될 줄은 몰랐어요. 여기는 좀……" 호정 언니에게 휴대전화를 돌려주면서 나는 말했다. "신도시 같은 분위기잖아요."

"맞아요. 살기 좋다고들 하는데, 가끔은 좀 숨 막히죠." 호정 언니는 그렇게 말하고는 특별한 맥락도 없이, 문득 생각났다는 듯 물었다. "코패런팅co-parenting이란 말을 아세요?"

코패런팅이란 부부가 이혼한 뒤에도 아이의 양육에 한해선 협력하는 일을 말한다고 호정 언니는 설명했다. 한국말로 번역하면 공동양육자 관계 정도라 할 수 있다고, 그리고 자신과 배우자는 이혼하지는 않았지만 부부 관계를 끝내고 코패런팅 관계로 전향하기로 했다고 덧붙였다.

"말하자면 사실이혼 관계 같은 거죠. 애 아빠랑 일이 좀 있어서, 그렇게 하기로 했어요."

호정 언니의 말에서 그 이유에 대해서는 밝히고 싶

지 않다는 완강한 의지가 느껴졌으므로 나는 더 캐묻지 않았다. 곧 호정 언니는 공동양육자와 합의한 몇 가지 규칙을 알려주었다. 특별한 일이 없는 한 가사와 육아에는 공동으로 참여할 것, 외박할 일이 있을 경우 상대방의 사전 동의를 얻을 것, 매달 첫날에 공동으로 관리하는 통장에 생활비를 납부할 것 등등.

"그리고 한 달에 두 번은 쉬어요. 육아랑 집안일 전부 다 해방이죠."

"그럼 오늘이 그 휴일이에요?"

내가 묻자 호정 언니는 고개를 끄덕였다. 나는 곧 어떤 말을 건네야 할지 알 것 같았다.

"저희는 전혀 신경 안 써요. 보시다시피 저희는 여자 둘이 살고 있잖아요."

내 말에 호정 언니는 미소 지으며 잔을 들어 올렸고 세 개의 잔이 부딪쳤다. 와인을 한 모금 홀짝이고 나서 호정 언니가 말했다.

"저는 엘리베이터에서 처음 봤을 때부터 알아봤어요."

나는 기억나지 않는 장면이었다. 영인도 바로 떠오

르지 않는지, 의아한 표정으로 물었다.

"저희가 그렇게 티가 났어요?"

"그냥 분위기가 커플 같아서." 호정 언니는 그렇게 말한 다음 잔에 남은 와인을 한 모금 들이켰다. "그냥 둘이 너무 좋아 보여서 부러웠어요. 사실 지금도 부럽고."

호정 언니가 위층으로 올라간 후, 나와 영인은 닫힌 문 뒤에서 서로를 바라봤다. 처음 만난 자리에서 듣기엔 좀 내밀한 이야기였어, 그렇지? 영인은 그렇게 묻는 것 같은 얼굴을 하고 있었고, 아마 나도 비슷했을 것이다. 호정 언니가 머무는 내내 새로운 방문객의 관심을 얻기 위해 곁을 서성이던 홍시는 아쉽다는 듯 입맛을 쩝쩝대며 자기 방석에 자리를 잡았다. 나는 홍시에게 치석 제거용 껌을 하나 먹이고, 와인잔과 안주를 담았던 접시를 설거지했다. 몇 시간 뒤, 영인과 함께 나란히 침대 위에 누워 있을 때, 나는 만약 우리가 어떤 이유에서든 헤어지게 된다면 한 사람이 홍시를 맡아야 한다고 생각하느냐고 영인에게 물었다.

"우리는 안 헤어져."

영인은 말했다. 조금도 흔들림 없는 말투였다. 홍시를 입양할 때도, 집을 매입하자고 제안하면서도 영인은 그런 태도를 유지했다. 영인의 차분한 목소리를 듣고 있으면 정말 모든 게 괜찮을 것 같았다. 그리고 실제로 우리는 괜찮았다. 하지만 그날 밤에 나는 좀 다른 대답이 듣고 싶었다. 우리가 헤어진 상황, 그 이후를 상상해보고 싶었다.

"만약에, 진짜 만약에 우리가 헤어지면 이 집에 같이 살면서 홍시를 돌보게 될까?"

"우리는 안 헤어진다니까."

"정말 만약에."

"글쎄, 잘 모르겠어. 너는 어떻게 하고 싶은데?"

"어떻게 하고 싶은지는 잘 모르겠고, 홍시를 혼자서 데리고 있을 수는 없지 않을까?"

"그것도 그렇네." 영인은 그렇게 말하고는 웃어버렸다. 그리고 대화를 다시 원점으로 되돌렸다. "근데 우리는 안 헤어져. 진짜야."

설렁탕집 개 홍시가 사라진 걸 알게 된 후, 나는 지역 유기동물 보호소 사이트를 뒤져 홍시를 찾아냈다.

그리고 영인과 함께 홍시를 데리러 갔다. 담당 직원은 나와 영인을 개들이 있는 공간으로 안내했다. 개들이 직육면체 모양 케이지 안에서 어딘지 불편한 표정을 하고 어슬렁거리고 있었는데, 홍시는 그중에서도 가장 불안해 보였다. 홍시는 비좁은 케이지 안에서 원을 그리며 맴돌다가 컹컹 짖어댔고, 그러다 입을 쩝쩝댔다. 진득한 침이 길고 가는 띠가 되어 홍시의 입가에 매달려 있었다. 그전에 설렁탕집과 그 옆 건물 사이의 비좁고 더러운 공간에 갇혀 살던 때에 홍시는 그런 적이 없었다. 홍시는 사료나 닭고기를 들고 찾아오는 나와 영인을 알아봤고, 우리가 다가가면 철창 가까이 다가와 페인트칠이 벗겨진 철문에 몸을 바짝 댔다. 우리가 철창 사이로 손을 뻗어 자기를 쓰다듬을 수 있도록. 그때도 건너편 도로에서 큰 소리가 나면 놀라기는 했지만 우리의 손길 덕분인지 금세 진정이 됐다. 그러나 다시 만난 그날, 홍시는 나나 영인을 알아보지 못하는 듯했다. 홍시는 어느 때보다 사납고 더러워 보였다. 통제하거나 소통할 수 없는 짐승 같아 보였다. 물론 홍시는 짐승이 맞았지만, 그걸 실감한 건 그때가 처음이었다.

"개를 키우는 데는 생각보다 품이 많이 듭니다."

직원이 말했다. 영인은 고개를 끄덕거렸다.

"괜찮을 거예요."

영인은 그렇게 말한 다음 직원에게 입양에 필요한 서류를 달라고 청했다. 만약 그 순간에 영인이 내게 입양 의사가 확실한지 물었다면 나는 다시 생각해보자고 말했을 텐데, 영인은 그러지 않았다. 그럴 필요가 없다고 생각했던 것 같다. 설렁탕집에 묶여 있던 개를 발견한 것도, 개에게 홍시라는 이름을 지어준 것도, 한 시간 전에 홍시의 사진이 실린 공고를 발견하고 보호소에 가자고 한 사람도 나였으니까. 영인은 망설임 없이 서류의 빈칸들을 채워나갔다. 내가 할 일이라곤 동거인의 인적 사항을 적고 '동의함' 항목에 체크하고 서명하는 것이 전부였다. 잠시 뒤 보호소 직원이 홍시가 갇혀 있던 케이지의 문을 열었다. 처음으로 홍시와 나 사이에 아무런 장애물이 존재하지 않게 된 순간이었다. 홍시는 나와 영인에게 다가와 냄새를 맡았다. 그러는 사이 나는 마음이 조금 진정되는 것을, 불안감이 기묘한 안도감으로 바뀌어가고 있다는 걸 알았다.

홍시를 데려오고 나서부터 나와 영인은 역할을 분담했다. 낮 동안엔 집에서 일하는 영인이 홍시에 관한 모든 일을 도맡았다. 영인은 홍시의 식사를 챙기고 점심 산책을 다녀왔다. 한가한 날이면 직접 간식을 만들기도 했다. 돼지 등뼈를 손질한 다음 건조시켜 껌을 만들기도 했고, 찐 고구마와 두부, 닭가슴살을 반죽해 강아지용 쿠키를 굽기도 했다. 나는 저녁 산책과 양치를 맡았다. 정기검진과 예방접종과 중성화수술, 강아지 소음 문제를 개선하기 위해 정기적으로 반려견 훈련사에게 데려가는 일, 그리고 이 모든 일에 드는 비용은 함께 감당했다. 저녁 외식이나 심야 영화 데이트 같은 일은 자연스럽게 포기하게 됐다. 둘 중 한 명만 나가거나 둘이 함께 홍시를 데리고 외출했다. 그편이 마음이 편했다. 보호소 직원의 말처럼 개를 키우는 일은 생각보다 어려웠다. 다만 뜻밖의 장점도 있었다. 홍시는 우리가 함께 돌봐야 할, 혼자서는 기를 수 없는 개였고, 이 사실은 영인과 나의 일상에 좀처럼 떼

어낼 수 없는 정성을 가져다줬다. 그리고 나는 그 점이 못내 만족스러웠다.

호정 언니는 우리 집에 자주 들렀다. 퇴근하고 집에 와 냉장고를 열어보면 호정 언니가 다녀갔다는 걸 알 수 있었다. 케이크를 넣어 줬던 것과 똑같이 생긴 플라스틱 밀폐용기에 직접 만든 김치나 피클, 차지키 소스 같은 것이 담겨 있는 걸 확인한 다음 나는 혼잣말처럼 중얼거리곤 했다.

"고마워서 어떡하지."

내가 그렇게 말하면 영인은 다음에 호정 언니를 또 부르자고 받아쳤고, 우리는 종종 술상을 차려놓고 호정 언니를 맞이했다. 우리에겐 그런 저녁이 필요했다. 우리가 아는 지인들 대부분은 서울 서쪽과 북쪽에 살았고 집들이를 한 번 치른 뒤로는 남양주까지 올 생각을 하지 않았다. 우리 역시 홍시를 데리고 서울까지 가는 건 엄두가 안 났다. 반대로 호정 언니는 바로 위층에 있었다. 홍시는 호정 언니의 발소리를 기억해서, 언니가 계단을 내려오는 소리만 듣고도 귀를 쫑긋거렸다. 호정 언니는 와인, 맥주, 막걸리, 위스키 등 주종을 가리지 않고 술을 좋아했고, 잘 마셨다. 얼음도 없이 위스키 잔을 비워내면서도 낯빛조차 바뀌지 않았다. 누군가 우리 집 부엌에 앉아 있는 언니를 봤다고 해도 그 앞에 놓인 것이 커피인지, 맥주인지 아니면 위스키인지 알지 못했을 것이다.

12월 3일이 지나고 계엄 정국이 닥치자 호정 언니와의 모임은 여의도로, 광화문광장으로 옮겨갔다. 호정 언니는 당근마켓에서 연두색 빛이 드는 아이돌 응원봉을 구해 나와 영인에게도 하나씩 선물했다. 우리는 거기에 '탄핵'과 '파면'을 써 붙인 채로 광장에 섰다. 호정 언니와 많은 이야기를 나눈 것도 바로 그 광장의 안팎에서, 롱패딩을 입고 물과 간식거리와 보조배터리를 담은 배낭을 둘러메고서였다. 춥고 어두운 광장에 서서 구호를 외치거나 단상에 오른 발언자의 말을 듣고 있으면 내가 이곳에서 모인 사람들의 일부라는 생각이 들곤 했다. 나는 곁에 선 나의 파트너와 나의 이웃에 대해서도 자주 생각했는데, 이 시간이 우리를 더 돈독하게 만들어주지 않을까 기대했다. 이 시절이 어떻게 끝나든지간에. 탄핵 선고가 늦어지며 이제는 조금 얇은 패딩을 입고 광장에 섰던 날에는 영인도 엇비슷한 생각을 했던 것 같다. 집회를 마치고 사람들에게 휩쓸려 전철을 타러 가면서, 영인은 청소년기에 「퀴어 애즈 포크」를 봤던 일을 말해주었는데, 평소답지 않게 좀 감상에 젖은 말투였다.

"그땐 퀴어 콘텐츠가 없어서 저랑 비슷한 사람을 보려면 그런 미국 드라마를 봐야 했어요. 지금 생각하면 거기엔 거의 백인들만 나왔는데 그걸 눈치도 못 챘다는 게 좀 웃기죠."

물론 나는 여러 번 들은 이야기였다. 나는 영인의 이야기를 반쯤 흘려들으며, 팸플릿과 야광봉을 들고 전철역으로 걸어가는 사람들에게 시선을 줬다. 응원봉의 모양과 색깔을 보고 저건 어느 그룹인지 짐작해 보면서. 어느새 영인은 「퀴어 애즈 포크」에서 「엘 워드」로, 그리고 「스킨스」로 넘어갔는데, 모두 호정 언니가 본 적 없는 드라마였다. 나는 문득 민망해져서 영인의 팔을 살짝 잡아당겼다.

"너 지금 너무 갔어."

"아니야, 생각해보니까 나도 미드에서 성소수자를 처음 본 것 같아." 호정 언니는 영인이 멋쩍을 거라고 생각했는지 재빨리 끼어들었다. "「섹스 앤 더 시티」에서 캐리 친구 중에 게이인 친구가 있었어."

영인은 이제 기억이 났다는 듯, 크게 손뼉을 쳤다.

"나도 생각해보면 맨 처음 본 건 그 사람이었어. 캐리 친구."

곧 영인은 그 캐릭터가 보조적인 인물에만 머물렀다고, 「섹스 앤 더 시티」의 주인공 사인방이 각자의 삶을 살아갔던 반면 그 대머리 친구는 캐리의 연애사를 들어주는 감정 쓰레기통에 불과했다고 투덜거렸다. 그게 당시의 미디어가 퀴어를 다루는 방식이었다고, 그런데 한국에선 아직 퀴어 캐릭터가 등장조차 하지 못하다니 원통하다고. 호정 언니는 그 이야기를 잠자코 들었다. 그리고 영인이 입을 다물 즘, 자신의 결혼 생활에 대해 말하기 시작했다. 호정 언니가 적극적으로 결혼에 대해 이야기하는 건 우리 집에 처음 온 날 이후로는 없던 일이었다.

호정 언니는 삼십 대 초반에 결혼했고, 몇 해 뒤에

딸을 낳았다. 그 뒤로는 좀 빤한 이야기였다. 남편은 육아를 적극적으로 돕기는 했지만 말 그대로 돕는 수준이었고, 어떤 일들은 온전히 언니의 몫으로 남겨졌다. 시간이 지날수록, 아이가 어린이집과 유치원을 거쳐 초등학교에 입학하게 되면서 그 몫은 점점 더 늘어났다. 놀이터에서 노는 아이를 지켜보고 또래 친구를 만들어주는 일, 다른 엄마들과 친분을 쌓으며 같은 동네의 엄마들 커뮤니티에 들어가는 일, 모성보호제도를 사용하느라 직장 동료들의 눈치를 보고 아이를 봐주러 집에 드나드는 시모의 잔소리를 견디는 일을 호정 언니는 전부 혼자 감당했다. 거기까지 들었을 때, 나는 호정 언니의 결정에 공감할 준비가 다 되어 있었다. 그런 상황에서 부부 관계를 종료하고 공동양육자 관계로 전향하기로 선택했다면 이해할 수 있다고, 나는 그렇게 말할 작정이었다. 아마 영인도 비슷하지 싶었다. 호정 언니는 그 대목에서 텀블러에 담겨 있던 커피를 한 모금 마셨다.

"그러다 내가 딱 한 번 실수했어."

호정 언니는 인스타그램에서 다시 연락이 닿은, 오

래전에 사귀었던 남자친구와 다시 만났다. 만난 횟수는 세 번뿐이었지만, 어쨌거나. 그리고 언니의 남편은 아내의 밀회를 알아챘다. 처음엔 이혼 이야기가 오갔지만 곧 호정 언니도 언니의 남편도 혼자서는 여덟 살 아이를 제대로 케어할 자신이 없다는 데 동의했다. 얼마 뒤 두 사람은 부부 생활을 끝내는 일에, 그리고 공동양육자라는 낯설고도 삭막한 관계를 시작하는 일에 합의하게 됐다. 그리고 자신들의 목소리에 방에서 잠든 아이가 깨지 않도록 주의하면서 함께 지켜야 할 규칙들을 정해나갔다. 그것이 두 사람의 최선이었다. 할 말을 마친 호정 언니는 텀블러 뚜껑을 닫아 어깨에 걸고 있던 에코백에 집어넣었다. 마침 상일동행 열차가 역으로 들어왔으므로 나는 당황한 표정을 숨긴 채 사람들에게 떠밀려 열차에 올라탈 수 있었다.

o o o

여자는 내가 가장 궁금해하는 것에 대해선 딱 떨어지는 답을 주지 않았다. 내가 올해 승진할 수 있겠느냐고 묻자, 관운이 들어왔으니 가능성이 있다고 하나 마나 한 대답을 돌려줬고 배우자와 무탈하게 사느냐고 묻자 남편의 생시를 되물었다. 여자는 영인의 생시를 받아 적은 다음 중얼거렸다.

"이 아저씨는 여자가 붙는 사주네."

여자는 그렇게 말하고는 내내 펼쳐둔 수첩을 덮었다. 자세히 듣고 싶으면 궁합을 보라는 뜻인 것 같았다. 나는 궁합까지는 안 보고 싶었으므로, 지갑에서 오만 원권 한 장을 꺼내 여자에게 건네주었다. 가게 밖으로 나오자 어느새 오후 두 시가 넘어 있었다. 출발하기 전에 봐두었던 막국숫집은 곧 브레이크 타임이었다. 호정 언니는 근처의 시장에서 요기를 하자고 말했다. 언니가 내비게이션에 후평시장 공영주차장의 주소를 입력하는 동안 나는 설명을 요구하는 얼굴로 언니의 옆얼굴을 바라봤다. 하지만 언니는 말없이 차를 후진시켰고, 후평시장에 도착할 때까지 우리는 거기서 뭘 먹을지만 얘기했다. 시장은 한산했다. 우리는 아무것도 고르지 못한 채 시장의 끝까지 걸어갔다가 왔던 길을 되돌아갔다. 입구까지 돌아와서야 호정 언니가 분식집 한 곳을 손가락으로 가리켰다.

"우리 그냥 떡볶이 먹을까?"

나는 떡볶이가 먹고 싶지는 않았지만 그러자고 대답했고, 언니를 따라 노상에 어묵이 담긴 스테인리스 통을 내놓고 있는 가게로 들어갔다. 식당 내부는 고요해서 주방의 튀김기에서 기름이 끓는 소리가 들릴 지경이었다. 민망해서라도 무슨 말을 하고 싶었는데 할 말이 떠오르지 않았다. 나는 수저통에 꽂혀 있는 포크와 숟가락을 언니와 내 앞에 한 벌씩 놓았다. 그리고 머릿속으론 이제 호정 언니와의 관계는 어떻게 될까 생각했다. 호정 언니는 전처럼 우리 집에 놀러 올까? 우리 사이엔 여전히 할 말이 남아 있을까? 예전에 나는 놀랍도록 평범한 가족의 모습을 하고 있던 호정 언니와 언니의 딸, 그리고 이제 공동양육자인지 남편인지 알 수 없게 된 남자를 본 적이 있었다. 세 사람은 동네의 대형마트 푸드코트에 앉아 빙수를 먹고 있었다. 커다란 대접에 담긴 빙수를 세 사람이 스푼으로 퍼 먹는 풍경은 호정 언니가 우리에게 들려준 것처럼 삭막해 보이지 않았다. 딸아이는 쉴 새 없이 조잘댔고 아이가 보여준 휴대전화 화면을 보면서 세 사람이 한꺼번에 웃기도 했다. 언니가 내 앞에서 손을 휘휘 흔들었다.

"무슨 생각을 그렇게 해?"

"아니 그냥." 나는 그렇게 말하고 문득 생각난 것처럼 물었다. "그럼 언니는 이제 다시 유부녀인가?"

우리 집에 온 첫날, 호정 언니는 자신은 유부녀와 돌싱 사이에 있다고 말했었다. 아마 언니는 다 잊어버렸겠지만.

"지아 아빠랑 관계를 다시 회복하면 그럴 수도 있겠지. 아직은 모르겠어." 호정 언니는 그렇게 말하고는 어묵 국물을 한 숟가락 떠먹었다. 잠시 뒤 호정 언니가 다시 말했다. "나는 다시 태어나면 결혼은 진짜 안 할 거야."

"진짜?"

"진짜."

나는 호정 언니의 얼굴을 물끄러미 바라보다가 예전에 우리가 나눴던 대화가 떠올라서 뜻밖에도 웃음이 났다.

"우리가 살 만큼 살고 다시 태어나는 거면, 아마 화성 같은 데서 태어날 텐데?"

호정 언니는 킬킬 웃었다.

"너는 화성에서 살아보고 싶어?"

나는 고개를 저었다.

"언니는?"

"나는 그것도 괜찮을 것 같아. 지아 키우면서, 너네랑 술 마시면서 살면, 살 만하겠지."

나는 살 만하겠지, 하고 언니의 마지막 말을 따라 했다. 그 순간 실내가 한층 더 고요해졌다. 마침내 기름이 다 끓은 것이었다.

Entanglement

60초 후의 세계

이선진

눈은 내리는 게 아니라 재생되는 것 같아.

지난 금요일, 버스 창가 자리에 앉아 창밖의 흰 풍경을, 위에서 아래로가 아니라 자신을 따라 왼쪽에서 오른쪽으로 흩날리는 눈발을 바라보면서 비선은 생각했다. 새가 날고 싶은 방향으로 날아가고 버스가 달리고 싶은 방향으로 달려가듯 비선은 이동되어지고 싶은 방향으로 이동되어지는 중이었다. 텅 빈 콩나물 시루 속 콩나물 한 줄기처럼. 아직 초짜라 노선을 완전히 숙지하지 못한 건지, 눈길 때문에 문제가 생긴 건지 버스 기사가 자꾸만 길을 잘못 들기 전까지는 그랬다.

이제 여기서 어디로 가야 될까요?

기사는 버스 안의 유일한 승객인 비선에게 울먹이듯 물었고, 비선은 그걸 왜 자기한테 묻나 싶으면서도 일단 쭉 직진했다가 다다음 오거리에서 유턴 신호를 받으면 될 거예요, 하고 말했다.

비선은 기껏해야 이십 대 후반으로 보이는 앳된 얼굴의 기사가 늘 똑같은 교차로에서 1차선이 아닌 3차선을 타고 핸들을 왼쪽이 아닌 오른쪽으로 돌린다는 점과 그럴 때마다 죄송합니다,가 아니라 이제 여기서 어디로 가야 될까요? 하고 묻는다는 점을 포함해 그의 거의 모든 면이 나쁘다고 생각했지만, 매일 같은 장소 같은 시간에 버스를 탈 때마다 어? 또 있으시네요, 하고 반갑게 인사를 건네온다는 점이 그 무엇보다도 나쁘다고 생각했다. 얼마 전 의사가 보여준 검사지에서 자율신경균형도와 교감신경활성도와 부교감신경활성도와 신체각성도와 심기능활성도와 스트레스저항도가 모두 '매우 나쁨'을 가리켰던 것보다도 훨씬 더 나쁘다고. 보통의 기사라면 뚱하니 전방만을 주시하거나 안녕하세요, 하고 아무런 명도와 채도가 없는, 이를테면 회색에 가까운 안부를 전할 테니까. 그다음부터 비선의 일과에는 '이어폰 챙기기'가 추가되었다. 원래는 파리만 날리는 가게 문을 닫고 나간 다음 입간판 뒤에 숨겨둔 사기그릇에 고양이 사료를 붓고 대각선 방향에 있는 코인노래방의 14번 방에 들어가 기계 투입구에 구겨진 천 원짜리 지폐를 펴 넣은 뒤 한 곡어치는 재생하고 한 곡어치는 그대로 두고 나왔다면, 이제는 가게 문을 잠그고 길을 나서기 전에 꼭 이어폰을 챙겼나 확인했다. 무선 이어폰은 눈에 잘 띄지 않을까봐 부러 선이 잔뜩 꼬여 있는 흰색 줄 이어폰을 착용하고서 버스에 올라탔다. 버스는 한 곡 반복 버튼을 누른 플레이리스트처럼 정해진 정류장을 하나하나 지나 회차 지점에 멈춰 섰다. 오늘도죠? 기사가 물었고 비선은 오늘도 안 내려요, 하고 대답하는 대신 이어폰을 고쳐 꼈다. 그러나 사실 비선의 귓속에는 다음 정거장을 알리는 안내 방송은 물론 방지턱을 넘어갈 때 하차 문 쪽의 대걸레가 덜컹대다 쓰러지는 소리, 심지어 창밖의 눈이 내리는, 아니 재생되는 소리까지 빠짐없이 흘러 들어가고 있었다. 곡의 재생 버튼은 애초에 눌린 적이 없었고, 그러니 옆에 앉은 승객이 저기요, 하고 말을 걸어오는 소리가 들리지 않을 리 만무했다.

어, 맞죠?

숨은 쉬는 것일까, 쉬어지는 것일까? 조금 뒤 옆자리에 앉은 승객이 물었을 때 비선은 생뚱맞게도 그런 생각을 하는 중이었다. 흔히 1분에 16번 숨을 내쉬어야 자연스러운 호흡으로 본다면 지금 내 호흡은 흐트러질 대로 흐트러진 것일까, 그럼에도 불구하고 흐트러지지 않은 것일까.

사람 잘못 보신 것 같아요.

에? 사거리 꽈배기집 사장님 아니에요?

아…… 맞아요.

그럼 맞게 본 거 아닌가.

비선이 아, 네, 하고 고개를 까딱하며 뒤늦고 애매한 인사를 건네자마자 승객은 자기가 몇 주 전에 꽈배기를 사러 갔는데 글쎄 당장 전날까지만 해도 없던 컨테이너가 갑자기 나타나 가게 입구를 완전히 가로막고 있어서 깜짝 놀랐다는 말을 요란스럽게 전해왔다. 아무것도 모른다는 듯 굴고 있지만 비선이 영업방해

죄로 소를 제기하자 건물주가 상가 관리 초소 목적일 뿐 실제적인 영업방해로는 절대 이어지지 않았다며 항소를 해왔다는 사실을 어쩌면 이미 알고 있을지도 몰랐다.

그니까 내 말은, 무슨 일 있는 건 아니죠?

그 말이 들려옴과 동시에 비선은 다급히 하차 벨을 누르고 버스에서 내렸다. 버스는 비선을 홀로 내버려둔 채 눈길을 가르며 사라졌지만 세상은 비선을 좀처럼 가만히 내버려두지 않았다. 비선은 분명 무음으로 설정해두었는데도 왠지 모르게 진동이 울린 것처럼 느껴졌던 휴대폰을 내려다보았다.

[ㅈㄱㅇㄷㅇㅇ?]

비선은 액정 화면에 찍힌 자음들과 어우러질 만한 모음들을 머릿속으로 헤아려보다가 그러게, 나 지금 어디에 있지? 하고 대답하면서 휴대폰을 도로 주머니에 집어넣었다. 대답할 수는 있었지만 답장할 수는 없었다. 자의가 아닌 타의로. 카카오톡 규정 위반으로 인해 비선은 60일간 이용 정지 상태에 놓여 있었다. 비선이 한 일이라고는 건물주 노인이 회장으로 있는 상인회 단체 오픈채팅방에 '죄송합니다'라는 말을 남긴 것밖에 없었는데 사람들은 자기들끼리 짜고 비선을 비정상적인 서비스 이용 혐의로 신고했다. 고객센터에 억울하다는 문의를 남기자 상담사는 비정상적인 이용을 하지 않았다는 증거를 요구했고, 비선은 왜 자신이 그걸 증명해야 하느냐고 따져 묻는 대신 그대로 통화 종료 버튼을 눌렀다. 그렇기에 지금 비선이 이런 상황에 놓여 있는 것이었다.

놓여 있다니, 그 말에는 어딘가 우스운 구석이 있지.

살면서 비선은 종종 초등학교 사회 시간에 배운 '보이지 않는 손'이라는 것이 엄지와 검지로 자신의 목덜미를 슬쩍 집어 들고는 어딘가에 내려놓는 꿈을 꿨다. 그걸 악몽이라고 생각해본 적은 없었고, 다만 조금 어두운 꿈이라고는 생각했다. 그렇지 않았다면 호주에서 실종 상태에 놓였다던 희선이 꿈속에서 지금 어디야? 하고 물었을 때 조금 어두워,라고 대답하지는 않았을 거였다.

비선은 고개를 들어 눈이 소복이 쌓인 정류장 표지판을 바라보면서 지금 자신이 놓여 있는 곳이 어딘지

확인했다. 기분 탓인지 조금 전보다 줄이 더 엉켜버린 듯한 이어폰을 귀에서 빼고,

 1, 2, 3…… 숫자를 셌고,

 57, 58, 59…… 심호흡했다.

Ⓘ Ⓘ

 이어폰의 꼬인 매듭을 풀기 위해서는 두 개의 줄이 교차한 지점이 어디인지 정확하게 들여다봐야 했다. 그렇게 하면 제아무리 엉망으로 엉킨 매듭도 쉽게 풀 수 있다고 누군가에게 들었던 것 같기도 했다. 그러나 비선에게는 그것 말고도 당장 풀어야 할 다른 매듭들이 많았다. 뻐꾸기시계의 짧은 시곗바늘이 오른쪽 위 대각선 방향을 가리키고 있는데도 빛 한 줌 들지 않는 토요일 오후 2시, 비선은 시큼한 냄새를 풍기며 과발효되어가는 꽈배기 반죽을 들여다봤고 문을 완전히 열지도 못할 만큼 가게 입구와 바투 붙어 있는 회색 컨테이너를 들여다봤고 땡전 한 푼 없이 찾아와서는 가게 문이 아닌 컨테이너 문에다 대고 똑똑, 노크하며

영업 방해를 일삼는 마디를 들여다보았다. 주먹으로 꾹 누른 지점토처럼 낮고 뭉툭한 코에 한쪽만 쌍꺼풀진 짝짝이 눈에, 건물주 노인을 닮은 구석이라고는 전혀 없는 얼굴이었다. 듣기로 마디는 노인의 친손녀가 아니었고, 얼마 전 집을 나가 행방이 오리무중인 딸이 재혼했을 때 달고 온 아이라고 했다.

첫 만남부터 다짜고짜 비선의 팬이라고 선언한 마디는 늘 그랬듯 비선의 얼굴을 골똘히 들여다보았다. 다행히 시선이 교차되는 일은 없었다. 마디는 코앞에 있는 비선이 아니라 휴대폰 화면 속에 담긴 비선을 보고 있었고, 비선은 코앞에 있는 마디가 아니라 호주의 산불 소식을 알리는 뉴스 화면을 곁눈질하고 있었으니까. 화면 하단에는 산불로 인한 한국인 실종자 중 한 명이 십여 년 전 방영된 국내 가요 오디션 프로그램 출신이라는 자막이 빠르게 나타났다가 사라졌다. 고작 오디션 프로그램에 한 번 출연했던 이력 가지고 어디 출신이라는 꼬리표를 붙이는 게 진짜 웃겨 죽겠다 죽겠어, 비선은 그렇게 생각하면서도 자신이 어디에서 출신하여 여기 이곳까지 다다르게 되었는지 골똘히 생각해보았다.

모르겠어.

비선은 그렇게 말했다가 곧장 말을 바꾸고는 아니, 사실 알겠어, 했다. 자신이 어디 출신인지는 알지 못해도 자신의 슬픔이 어디 출신인지는 알았으니까. 그러므로 비선의 슬픔은 다른 어디도 아닌 비선 출신이라 할 수 있었다.

이미 한참 전에 끝난 방송을 뭘 계속 그렇게 봐대는 걸까. 비선은 고개를 돌려 날림으로 지은 가설 세트장의 뜨거운 조명 속에서 식은땀을 흘리며 서태지와 아이들의 「마지막 축제」를 어쿠스틱 버전으로 편곡해 부르는 자신의 모습을 바라보았다. 그때 희선과 함께 오디션 지원서에 적었던 '희비교차'라는 팀명은 이제는 아득히 멀어진 뒤였다. 그러나 암만 멀어져봐야 어떤 시간은 멈출 수도 되돌릴 수도 함부로 끝장내버릴 수도 없었다.

이제 어떻게 돼요?

마디가 네모난 휴대폰 화면에 담긴 비선을 가리키며 물었고 비선은 못 들은 척했다. 지금도 그랬고 한

달 전에도 그랬다. 그다음에 일어날 일이 궁금해 미치겠으면 직접 검색해보는 게 빠를 텐데 마디는 굳이 비선을 찾아와 귀찮게 했다. 화면 속 비선의 모습은 매일같이 달라졌다. 하루는 예선전에서 펑퍼짐한 교복 치마와 삼선 슬리퍼 차림으로 노래하는 모습이었고 하루는 본선 팀 대항전에서 탈락했다가 패자부활전으로 가까스로 올라와 눈물 흘리는 모습이었고 하루는 생방송에 진출할 열 팀에 든 뒤 프로필 촬영 목적으로 나이에 맞지 않는 화장과 복장을 한 채 엉거주춤 율동을 취하는 모습이었다. 방송에서는 모두 편집되었지만 그때 비선의 딸꾹질이 멎지 않아서 촬영이 잠시 중단되기도 했다. 계속 그러면 일정이 딜레이된다며 스태프들이 은근히 눈치를 주는 상황 속에서 희선은 잠깐 손 좀 줘볼래? 하고 비선에게 물었다. 곧이어 비선의 손을 그러쥔 희선은 이렇게 새끼손가락의 첫번째 마디를 60초 동안 꾹 누르고 있으면 딸꾹질이 멈출 거라고 했고, 딸꾹질이 멎었다는 사실을 눈치채기도 전에 딸꾹질은 어느새 멎어 있었다.

이제 여기서 어떻게 되냐니까요?

궁금해?

궁금해요.

어떻게 되냐면······,

잠깐만요! 그냥 말하지 마세요. 스포일러 금지예요.

근데 어차피 말 안 할 생각이었어.

그러나 정작 그날 이후 말을 하지 않게 된 건 비선이 아니라 마디였다. 자꾸만 찾아와서 귀찮게 구는 마디에게 너 한마디만 더 해봐, 안 그럼······ 나처럼 된다, 하고 말한 게 시작이었다. 그 순간부터 마디는 옆에 있는 비선을 두고 초성으로만 이루어진 카톡을 보내왔다. 미안한데 이제 그만 가주면 안 될까? 비선이 말하면 마디가 휴대폰 화면에 [ㅇㅈㅇㅇㅅㄱㅇㄲㄴㄴㄷㅇ?]를 입력한 뒤 전송 버튼을 누르는 식이었다.

아냐, 영업시간 끝났어. 누구 덕분에.

[ㄱㄹㄱㅇㄷㅇㅇㅇ!]

어디 있긴. 여기 있지.

비선은 길고양이들의 밥을 챙겨준다는 이유로, 사실 그건 표면상의 이유일 뿐, 꽈배기의 달인으로 방송에 출연한 후 매출이 늘었음에도 시장 상인회에 매

60초 후의 세계

달 가게 수입의 일부를 상납하기를 거부했다는 이유로 건물주 노인이 다짜고짜 가게를 빼달라고 했던 것처럼 말했다.

이제 그만 나가주면 안 될까? 아니면 그냥 너를 안에 둔 채로 문을 잠가버릴 거야.

으름장을 놓은 게 먹혔는지 그제야 마디는 밖으로 나섰고 비선은 컨테이너 상자와 가게 문 사이에 끼인 듯한 자세로 낑낑대며 가게 문을 잠갔다.

이제 어디로 가지? 비선은 속으로 생각했고, 그 생각은 일단 평소와 같이 버스를 타야겠다는 생각으로 이어졌다. 버스를 타야겠다는 생각은 버스를 타고 어디로 가야 하지?라는 생각으로 이어졌고, 그 생각이 또 어디를 향해 나아갈지는 아직 생각되어지기 전이었다.

그런데 잠깐이라도 그만 생각할 수는 없을까?

요즘 비선은 그런 생각을 달고 살았다. 인터넷에서 십 년 전의 자신의 모습을 맞닥뜨리는 빈도가 부쩍 늘어서인지 더욱 그런 생각에 매달리게 되었다. 그러나 온 힘을 다해 생각 밖으로 나서려고 해봐야 생각을 하지 말자는 생각만 계속 맴돌게 되었으므로 생각하다,

라는 말 자체를 없애버리기로 했다. 이 세상에서 없어지지는 않더라도 자신의 안에서만큼은 없애보자고. 노래방 리모컨의 간주 점프 버튼을 누르면 간주를 건너뛸 수 있는 것처럼 단번에, 손쉽게.

비선은 머릿속에 나는 생각한다,라고 썼다가 '생각한다'의 자리에 달린다, 일렁인다, 춤춘다, 미어진다, 속삭인다, 보낸다, 넘어진다, 맺힌다, 뒷걸음질친다, 만진다, 웅크린다, 아문다, 내린다,를 넣어보았다. 그리고 진창이 된 땅이 흰 눈에 뒤덮이듯 다른 것들은 다 지우고 '내린다'에 작게 동그라미를 쳤다. 작아도 너무 작아서 글씨에 동그라미를 친 게 아니라 원래부터 있던 동그라미에 글씨를 욱여넣은 것 같았다.

나는 내린다.

승차문이 열리고 버스에 발을 내디딤과 동시에 비선은 소리 내어 말했다.

Ⓘ

버스 타러 가자.

열여섯의 희선은 열여섯의 비선에게 그렇게 말했다. 우리 버스 타러 가자. 그럼 비선은 울상을 짓고 있다가도 언제 그랬냐는 듯 환해진 얼굴을 하고는 보습학원 로고가 프린팅된 가방을 챙겨 집 앞의 코인노래방으로 향했다. 비선의 엄마가 노래를 부르러 다니는 걸 시간 낭비라고 여겼기에 펼친 일종의 위장술이었다. '버스'를 타러 갈 때 지켜야 할 유일한 규칙은 노래를 부르다 절대 간주 점프를 하지 않는 거였다. 그럼 간주가 너무 불쌍하잖아. 사람들이 죄다 점프해버리면 간주는 어떡해. 어디에 가 있어. 희선은 간주가 마치 살아 있기라도 하는 양 말했고, 비선은 그런 희선이 잘 이해되지 않으면서도 간주 점프 버튼에 놓여 있던 손가락을 슬그머니 뗐다.

그 무렵 비선에게는 빨리 넘겨버리고 싶은 순간들이, 노래로 치면 간주 점프 버튼을 눌러버리고 싶은 순간들이 많았다. 비선이 무언가 잘못을 저지를 때마다 엄마가 비선이 아닌 스스로의 종아리를 때리는 게 그랬고, 외간 여자와 바람을 피우다 적발된 아빠가 적반하장으로 집을 나가버린 게 그랬고, 그 후로 살림에서 완전히 손을 놔버린 엄마가 동네 아줌마들을 모아다가 밤늦게까지 화투판을 벌이는 게 그랬다. 그중에서도 가장 참기 힘들었던 순간은 판돈을 몽땅 잃은 엄마가 모르는 아줌마들 앞에 비선을 앉혀두고는 노래를 부르라고 시켰을 때였다. 아무 노래나 부를 수는 없었고 꼭 「아빠 힘내세요」를 불러야 했다. 엄마에게도 아빠 힘내세요, 돈을 딴 아줌마에게도 아빠 힘내세요, 돈을 잃은 아줌마에게도 아빠 힘내세요. 그럼 엄마는 자, 다 관람들 하셨으면 박수! 하고 소리친 뒤 두당 천 원씩을 수금했다. 이따금 그런 엄마를 견딜 수 없다 못해 아예 지워버리고 싶은 기분이 들 때면 비선은 속으로 엄마를 엄마가 아닌 아빠의 부인이라고 불렀다. 상대방을 자기 자신으로부터 조금 더 먼 거리에 위치시키려는 나름의 전략이었달까.

희선 역시 처음부터 희선이었던 건 아니었다. 함께 어울려 놀던 학원 애들이 옆집에 살던 희선을 두고 쟤는 누구야? 하고 물었을 때 비선은 옆집 사는 606호 아줌마 딸이야, 하고 말했다. 엄마의 말에 따르면 606호 아줌마는 왕년에 이름을 날리는 가수였다가 일반인 남자와 결혼하면서 은퇴한 '퇴물'이었다. "그 여자는 정작 자기 히트곡은 하나도 없으면서 남의 모창만 쎄빠지게 해대며 살아남았어." 어느 밤 집에 돌아간다는 아줌마들을 이제 진짜 마지막 판이라면서 붙잡은 엄마는 다급히 화투 패를 섞으며 그렇게 말했다. 그때까지 단 한 번도 엄마가 옆집 아줌마에 관한 얘기를 입에 올린 적이 없었기에 비선은 어느 모로 보나 자신과 쏙 빼닮은 엄마의 옆얼굴을 멀뚱히 바라보았다. "그러니까 앞으로 희선인가 뭔가, 걔랑은 절대 붙어 다니지 마라. 알겠어?"

살면서 종종 비선은 그날 밤을 기억했는데, 그건 엄마가 쓰리고에 피박에 광박까지 뒤집어쓰며 끝날 뻔한 그 판이 패의 짝이 안 맞는다는 이유로 '나가리' 되었기 때문이기도 했고, 아줌마들이 모두 집을 나선 뒤 엄마가 옷소매에 숨겨둔 패 한 장을 비선에게 건네며 "중요한 건 바로 이거야, 어쨌거나 살아남았다는 거"라고 말했기 때문이기도 했다.

그리고 그때 비선이 살아남을 수 있었던 건 전적으로 희선 덕분이었다. 벽 너머로부터 아야! 하는 과장

된 신음 소리가 넘어올 때면 희선은 오백 원짜리 동전 몇 개를 챙겨 밖으로 나선 뒤 옆집 문을 두드리고는 비선아, 학원 버스 올 시간이야! 하고 외쳤다. 물론 두 사람이 향한 곳은 학원이 아닌 코인노래방이었다. 기계 투입구에 동전 두 개를 밀어 넣은 희선은 항상 재생 시간이 길면서도 최대한 반주가 시끄러운 노래를 선곡하곤 했다. 그러나 시작 버튼을 누른 뒤에도 볼륨을 최대로 높이기만 할 뿐 노래를 부르지는 않았다. 그 오백 원어치의 시끄러운 노래 속에서 비선의 울음을 온전히 울음으로 남겨두기 위함이었다. 때때로 제대로 울지도 못할 정도로 비선의 숨이 가빠올 때면 희선은 아무 음악도 흘러나오지 않는 이어폰을 비선의 귀 양쪽에 꽂아준 뒤 1부터 60까지 천천히 세어보라고 했다. 그럼 희선의 손을 잡고 있던 비선은 1, 2, 3…… 숨을 들이쉬었고, 57, 58, 59…… 숨을 내뱉었다. 60을 다 세기까지 때로는 10분이 넘게 걸렸고 때로는 50초가 걸렸고 때로는 정확히 60초가 걸렸다. 시간이 얼마나 걸렸던지 간에 마침내 희선이 60을 외쳤을 때, 비선은 자신의 어떤 부분이 희선과 교차되었다고, 그렇게 자기 자신을 둘러싼 세계가 아주 조금쯤은 더 나은 방향으로 이동되었다고 생각했다.

[ㅈㄱㅇㄷㅇㅇ?]

마디가 보내온 카톡에 비선은 응, 아직도 조금 어두워, 하고 말하는 대신 이제 곧 종점이라고 말했다. 그럼 또 종점이 어디냐고 물어올까봐 다시 돌아가는 곳이야, 하고 미리 덧붙이는 것도 잊지 않았다. 비선은 1.75배속으로 재생되는 영상처럼 빠른 속도로 흩날리는 눈을 바라보았다. 1.75배속이 1.5배속으로, 1.5배속이 1.25배속으로, 1.25배속이 원래대로 1배속이 될 때까지 한참을 그저 바라보기만 하다가 속으로 중얼거렸다.

……이제 슬슬 슬픔을 움직여볼까.

슬픈 생각이 들 때마다 비선은 슬픔을 밖으로 내몰아버리는 게 아니라 슬픔의 자리를 잠시 옮겨주었다. 어떤 때는 마음속의 가장 환한, 집으로 치면 볕이 가장 잘 드는 자리에 밝게 놔두었다면 어떤 때는 여기 이런 공간이 있었나? 싶을 정도로 후미지고 그늘진 곳에 슬픔의 자리를 마련해두었다. 그러니까 비선이 버스를 타고 눈발처럼 사락사락 이동되어지는 동안 비선의 슬픔 또한 비선의 안쪽 노선을 따라 사붓사붓 어디론가 이동되어지는 중이었다. 버스 창 틈새로 불어오는 바람이 오선지의 음표처럼 함부로 비선의 살갗을 연주하고 가는 동안 비선의 슬픔도 미미미미레도 바람을 쐬는 중이었다.

회차지에 차를 댄 뒤 시동을 끈 기사는 말없이 버스에서 내렸다. 예정대로라면 그는 길 건너의 편의점에서 말보로 레드 한 갑을 산 뒤 차체에 기대어 두 개비를 연달아 피우고 나서 가볍게 맨몸체조를 한 다음 도로 버스에 올라타야 했지만, 오늘은 하늘에 구멍이라도 뚫린 듯 쏟아지는 눈 때문인지 담배를 딱 한 개비만 피우고 버스에 올라탄 뒤 주머니에 넣어둔 아이스크림을 비선과 마디에게 건네고 돌아갔다. 이미 오래전에 단종된 줄 알았던, 겉 부분의 커피맛 아이스크림을 먹으면 그 안의 초콜릿이 나오고 초콜릿을 먹으면 그 안의 연두색과 분홍색과 흰색으로 이루어진 사탕이 나오고 사탕을 와그작 씹어 먹으면 그 안의 피리가 나오는 제품이었다.

그리고 각자의 속도로, 비선이 커피 아이스크림 부분을 먹고 기사가 초콜릿 부분을 먹고 마디가 사탕을 빨아 먹고 있을 무렵 버스 안에는 호주 산불 관련 라디오 소식과 생방송 무대 결과를 알리는 휴대폰 소리가 동시에 흐르고 있었다. 벌써 두 달째 잡히지 않는 불길로 인한 실종자의 수가 마흔 명을 넘어섰다는 속보입니다…… 오늘 심사위원 점수 최저점을 받으셨는데요, 과연 시청자 투표에서 만회할 수 있을까요…… 그중 한국인은 두 명인 것으로 확인됩니다…… 탈락자는 60초 후에 공개됩니다!

중간광고가 흘러나오는 동안 비선은 마디에게 이제 어떻게 되는지 안 궁금해? 하고 말을 걸었다. 마디는 궁금해 죽겠다는 표정으로 휘휘 피리를 불면서도 비선이 그 후의 일들을 입에 담으려는 듯 입술을 옴짝거리자 됐으니까 그만하라며 손을 내저었다.

그런데 이미 십 년도 더 지난 일에 대해 이야기하는 것이 스포일러가 될 수 있나? 비선은 생각했다. 원래는 단순히 응원 차원에서 함께 오디션장에 간 거였던 희선이 엉겁결에 부른 노래가 자신의 독창보다 더 큰 호응을 얻었던 일이나, 그때 심사위원이었던 한 원로가수가 쟤는 얘에 비해 전반적으로 좀 달린다면서, 둘 중에 한 사람만 합격시키는 건 안 되나? 하고 제작진에게 물었던 것에 대해서도 생각했다. 쟤가 누구이고 얘가 누구인지 대놓고 언급하지는 않았지만 비선은 자신이 그 '쟤'라는 걸 알고 있었다. 그 앎은 곧 슬픔이 되었고 오랜 시간이 지났음에도 그 슬픔은 여전히 비선의 안쪽에 붙박여 있었다. 비선의 안팎에서 일어나는 것들이 비선의 삶을 이루었다. 지금 창밖으로 뻗은 팔에 닿는 게 불이 아니라 눈인 것처럼. 너무 차가운 것은 도리어 너무 뜨겁게 느껴지는 것처럼.

Ⓘ

아가씨, 지금 몇 시인지 알아요?

이어폰의 무음을 헤집고 들어오는 한 승객의 물음에 비선은 감고 있던 눈을 떴다. 저기 시계 달려 있는 거 안 보여요? 비선은 속으로는 그렇게 생각하면서도 최대한 적의를 감추려고 애쓰며 6시 1분이요, 하고 말했다. 버스 앞쪽의 전자시계가 정확히 6시 정각을 나타내고 있음에도 그랬다. 만약 1분 뒤에 다시 지금이 몇 시냐고 물어온다면 그때는 또다시 6시 1분이요, 하고 말해줄 생각이었다.

바로 옆집에 사는 만큼 비선과 희선의 집 구조는 똑같았다. 방이 두 개 있고 화장실이 하나 있고 그 사이에 거실이 있었다. 그리고 거실 벽에는 똑같이 생긴 시닉스 뻐꾸기시계가 똑같이 미세하게 오른쪽으로 기울어진 각도로 걸려 있었다. 희한하게도 당시에는 어느 집에 가나 그 시계가 보였다. 나무 질감을 살린 짙은 갈색 컬러에 하단에 기다란 솔방울 두 개가 달려 있는 모델로, 매일 정해진 시간에 날갯짓하며 문밖으로 나온 뻐꾸기가 뻐꾹뻐꾹 하고 몇 차례 운 다음 언제 그랬냐는 듯 도로 문안으로 들어가곤 했다. 그날도 엄마가 여느 때처럼 동네 아줌마들과 화투판을 벌이려 들자 비선은 조용히 집을 빠져나가 희선이네를 찾았다. 희선의 방과 비선이네의 거실이 맞닿아 있는 구조였기에 희선의 침대에 누워 있으면 매일 6시 정각마다 벽 너머에서 뻐꾸기시계가 울리는 소리가 들려왔고, 그로부터 정확히 1분 뒤에 방 밖에서 6시를 알리는 울음소리가 울려 퍼졌다. 6시를 맞이하기가 무섭게 또 한 번의 6시를 맞이하는 셈이었다. 그리고 첫 번째 울음소리가 들리고 난 뒤 허공의 한 지점을 꼬집듯 집요히 노려보던 희선이 다짜고짜 씨발년, 하고 말했다.

그년은 진짜 씨발년이야.

그년이 누군데?

묻지 말고 그냥 따라 해봐.

어떻게?

그년은 진짜 씨발년이야, 이렇게.

희선은 머뭇거리던 비선에게 얼른 따라 해보라고 했다. 두 번째 뻐꾸기 울음소리가 들리기 전에 빨리 씨발년, 하고 말해보라고. 그 1분은 이 세상에 없는 시간이니까 우리가 어떤 말을 해도 전부 없던 일이 되는 거라고.

그날 비선은 왠지 모를 불쾌감이 들었지만, 그리고 그 불쾌감이 온전히 자기 자신에게서 기인한 게 아니라 희선으로부터 옮겨붙은 것이라고 생각했지만, 그럼에도 자신의 삶이 어딘가 단단히 꼬여버렸다는 생각이 들 때마다 희선이네를 찾았다. 예선 합격 일주일 후, 추가 촬영이 필요할 것 같다며 촬영 팀이 희선이네 집을 방문했던 날도 마찬가지였다. 마침맞게도 비선의 엄마는 춘천으로 여행을 가 며칠간 집을 비운 상태였는데, 연락 한 통 없다가 대뜸 전화를 걸어와서는 자신이 몇 시에 태어났는지 아느냐고, 사주 궁합을 보려면 태어난 생시를 알아야 한다는데 도통 기억이 안 난다며 신경질을 부렸다. 그러곤 비선이 누구랑 궁합을 보는데? 하고 묻기도 전에 전화를 툭 끊어버렸다. 곧장 옆집에 가보니 희선의 엄마는 잔뜩 부풀린 헤어스타일을 한 채 스태프들에게 얼음을 동동 띄운 오미자 냉차를 돌리고 있었고, 다섯 대가 훌쩍 넘는 카메라 앞에 선 희선은 어릴 적부터 자신의 꿈이 엄마와 같은 가수였지만 어린 시절 벌어진 사고 때문에 포기할 수밖에 없었다는 속이야기를 내뱉으며 눈물을 글썽거렸다. 열 살 때인가 누전으로 집에 불이 났었는데, 그때 아빠가 방에서 자고 있던 자신을 구하느라 전신에 2도 화상을 입었다는 거였다. 사연팔이가 지겹다며 욕을 하는 사람도 있긴 했지만, 그럼에도 희선이 응급실에 입원한 아빠를 면회했을 때의 일화는 시청자들의 동정을 불러일으키다 못해 그 회차의 최고 시청률을 기록했다. 온몸이 붕대로 친친 감긴 아빠가 자신의 손바닥에 '밥'이라는 한 글자를 써주셨는데, 생사를 오가는 상황에서도 자식의 끼니를 걱정하는 아빠의 모습을 보고 꼭 가수가 되어야겠다고 결심했다는 거였다. 비선으로서는 모두 처음 듣는 이야기인지라 서운함이 밀려들었지만 누구에게나 열어보고 싶지 않은 기억 하나쯤은 있다고 생각하면 이해 못 할 일도 아니었다.

다만 끝끝내 한 가지가 의문스러웠다. 어떻게 그렇게 확신할 수 있는 거지? 손바닥에 적힌 한 글자가 뜻하는 바가 '밥은 먹었어?'라고 어떻게 그렇게 확신할 수 있는 거지? 적어도 세 가족이 함께 살 무렵, 퇴근 후 귀가한 아빠가 밥, 하고 심드렁하게 말할 때 그게 의미하는 건 '밥 먹었어?'가 아니었다. '빨리 밥 줘!'였다. 그날 촬영이 끝난 뒤에도 집에 돌아가지 않고 남아 있던 비선은 6시라고도, 6시 1분이라고도 할 수 없는 그 시간만을 손꼽아 기다렸다가 그년은 정말 씨발년이야, 하고 말했다. 선수를 쳤다.

버스 안에는 여전히 호주의 산불과 관련한 내용이 울려 퍼지고 있었고, 조금 전 비선에게 시간을 물어봤던 한 승객은 비선이 귀에 이어폰을 꽂고 있든 말든 계속 말을 붙여왔다.

아니, 여기가 호주도 아닌데 왜 계속 저 나라 뉴스만 처나오는지 알다가도 모르겠다니까. 그렇게 저기가 좋으면 저기 가서 살던가, 증말. 그리고, 이 버스는 히터를 백 개는 틀어놨나, 왜 이렇게 더워, 아주 불가마가 따로 없네. 쪄 죽겠네, 쪄 죽겠어. 안 그래요?

비선은 도대체 어떤 게 그렇지 않으냐는 건지 되묻고 싶었지만, 승객은 자기 할 말만 잔뜩 부려놓고는 이미 버스에서 내린 뒤였다. 이윽고 마디가 [ㄲㅎㄱㅇㄴㄷㅇ] 하고 메시지를 보내온 건 조금 전 하차한 승객이 저 멀리 흰 풍경 속으로 하얗게 스며들었을 때였다.

궁금한 게 뭔데?

[ㄱㄹㄷㅅㅂㅇㅇㅅㅂㅇㄷㅇㄲㅇ?]

 그런데 산불은 왜 산불이 됐을까. 어째서인지 비선은 마디가 보내온, 띄어쓰기도 안 되어 있는 데다 말조차 되지 않는 문장을 곧장 이해해버렸다. 산에 왜 불이 났는지 물어온다면 방화의 원인을 말해주면 그만이었지만 산불이 왜 산불이 됐는지는 알 수 없었다. 산불은 그냥 산불이었다. 먹구름이 그냥 먹구름이고 꽈배기가 그냥 꽈배기이고 비선이 그냥 비선이었듯이.

 비선은 마디의 질문에 답하는 대신 질문을 그대로 되돌려주며 하얗게 서리가 낀 유리창을 바라보았다. 희뿌연 유리창에 비친 자기 자신이 아니라 유리창에 비친 희뿌염 자체를 기어코 보고야 말겠다는 듯이. 이윽고 비선은 손가락으로 유리창에 'ㄴㄴㅇㄴㄱㄷㅇㄲ'라는 글씨를 적어보았다. 내일이면 스타벅스 기프티콘 구매 금액 13,900원이 환급되었다는 알람이 울리겠구나, 생각하는 동시에 누가 보기라도 할세라 재빠르게 옷소매로 글씨를 지워버렸다.

 프로그램 종영 후 몇 년의 시간이 지났을 즈음, 비

선은 호주 유학을 앞두고 있던 희선과 함께 동네의 한 카페를 찾았다. 집을 나갔던 아빠가 다시 들어오는 과정에서 이사를 갔기 때문에 이제 더 이상 비선의 동네라고 부를 수 없는 곳이었다. 원래는 스타벅스에 갈 생각이었지만 자리가 하나도 남아 있지 않은 바람에 결국 한참을 배회하다 작고 허름한 동네 카페로 들어갔는데, 다리가 네 개 달린 일반 의자가 아닌 커플들이 주로 이용하는 그네 좌석만 남아 있었다. 어쩔 수 없이 두 사람은 같은 방향을 바라보며 나란히 앉았다. 바로 옆 테이블에서 교복 차림인 여학생 둘이 "그년은 진짜 씨발년이라니까" 하고 깔깔대는 바람에 귀가 따가울 지경이었다. 그냥 스타벅스에나 갈 걸 그랬나? 비선이 말했고 희선은 그러게, 하고 멋쩍게 웃어 보였다. 헤어지기 직전 비선은 아까 그냥 같이 코인노래방이나 갈 걸 그랬나? 하고 말했지만 희선은 나중에 나 한국 들어왔을 때 같이 가면 되지, 어차피 종종 올 건데 뭐, 하고 대답했다. 그러나 그렇게 말했던 게 무색하게 희선은 호주에서 한 번도 한국으로 들어오지 않았다. 어쩌면 한국에 왔는데도 비선에게 연락을 하지 않은 것일 수도 있었다. 성인이 되고 나서도 비선은 희선의 생일 무렵마다 카카오톡 프로필 사진이 바뀔 때면 희선에게 잘 지내느냐고 메시지를 보냈다. 그날도 마찬가지였다. 희선의 프로필이 한국어가 적힌 가게 간판을 배경으로 한 사진으로 바뀐 날 밤, 비선은 혼자 코인노래방에 갔다가 누군가가 한 곡어치를 남겨두고 간 것을 발견하고는 희선에게 하루 늦긴 했지만 생일 축하한다는 내용의 카톡을 보냈다.

[근데 혹시 너 지금 한국이야?]

[한국은 무슨, 나 아직 호주에 있어.]

[그렇구나.]

희선은 대답 대신 비선의 메시지에 하트 모양의 이모티콘을 남겼고, 그 뒤부터 비선은 생일 축하 대신 스타벅스 기프티콘을 산 뒤 바코드를 캡처해 보냈다. 선물을 받은 희선은 호주에서는 한국에서 발행된 기프티콘은 사용할 수 없다고 말하는 대신 고마워, 한국 가면 꼭 한번 보자, 하고 매번 토씨 하나 바뀌지 않은 답장을 보냈다. 구매일로부터 일 년이 지나도록 사용하지 않는 기프티콘은 정확히 그 금액의 90퍼센트만큼 비선의 계좌에 환불되었고, 그럼에도 비선은 희선의 생일마다 아이스 아메리카노 두 잔 세트로 구성된 기프티콘을 보내는 걸 멈추지 않았다.

 나는 왜 어쩌다 이런 내가 되었을까.

 비선은 또 한 번 생각했지만, 이미 떠난 버스가 다시 돌아오지 않는 것처럼 자신 또한 굳이 이미 떠나온 출발점으로 소급할 필요는 없다는 걸 알고 있었다. 꽈배기를 사러 온 사람들이 여기 꽈배기는 어쩜 이렇게 맛있어요? 하고 호들갑 떨기만 할 뿐 진짜로 그것이 어떻게 만들어졌는지, 희선의 엄마가 운영하던 꽈배기집이 어떤 과정을 거쳐 비선의 엄마에게 넘어오게 되었는지 궁금해하지 않는 것과 흡사했다. 그들은 개당 오백 원을 지불하고서는 정해진 레시피에 의거해 균일하게 반죽되고 발효되고 튀겨지고 조금 식혔다가 설탕 코팅을 입힌 꽈배기를 사 가기만 하면 그만이었다. 옆집 여자에게 남편을 뺏겨 분에 찬 여자가 건물주를 구슬려 가게를 내쫓게 한 뒤, 그 자리에 본인이 똑같은 업종의 가게를 차렸다는 사실은 알아도 그만 몰라도 그만이었다. 물론 애초에 목적이 꽈배기가 아닌 사람도 있긴 있었다. 지금 비선의 옆에서 무슨 노래를 듣는 중이냐고, 자기도 같이 들으면 안 되느냐고 끈질기게 물어오는 마디처럼.

비선은 마디의 귀에 이어폰 한쪽을 꽂아주었고, 그러기 위해서는 엉킨 줄을 조금 풀거나 마디 쪽으로 살짝 붙어 앉아야 했다.

[ㅇㅁㅅㄹㄷㅇㄷㄹㄴㄷㅇ?]

당연히 아무 소리도 안 들리겠지. 왜냐면, 나쁜 사람한테만 들리거든.

[ㄴㅃㅅㄹ?]

응, 나쁜 사람. 근데 대체 언제까지 말 안 할 거야?

[ㄱㄱ……]

그건?

[60ㅊㅎㅇㄱㄱㅎㄴㄷ!]

Ⅱ

60초는 지나가는 게 아니라 끝나버리는 것 같아. 비선은 종종 그렇게 생각했다. 간발의 차로 놓친 버스처럼 쌩하고 저 멀리 보이지 않는 곳으로 사라질 뿐 여전히 분명히 존재하고 있는 것이 지나감이라면, 끝나감은 손끝에 닿자마자 녹아 없어져버리는 눈송이처럼 존재 자체가 사라져버리는 것 같다고.

언제였던가. 희선이 1부터 60까지, 실제로 얼마만큼의 시간이 걸리든 1부터 60까지 숫자를 세줬을 때 비선은 지금 희선과 함께하는 시간이 끝나지 않았으면 좋겠다고 생각했다. 시간이 자신을 들렀다가 결코 떠나가지 않기를 바랐다. 하지만 버스 노선에도 종점이 있듯이 시간에도 끝이 있기 마련이었다.

비선이 너는 왜 숨을 그렇게 쉬어?

첫 생방송 무대를 앞두고 밤샘 연습을 이어나가던 와중 희선은 비선에게 그렇게 말하면서 자기를 따라 해보라고 했다. 왜 숨을 쉬어야 할 부분에서 숨을 쉬지 않고 애써 한 호흡에 노래를 다 부르려고 하느냐는 뜻이었지만, 비선은 급격히 굳어진 얼굴로 자리를 뜨며 잠깐 카메라 좀 꺼주시면 안 돼요? 하고 말했다. 며칠 전 급성 맹장염으로 합숙소에서 나와 집에서 하룻밤을 보냈을 때, 여느 때처럼 「아빠 힘내세요」를 부르게 할 목적으로 비선을 모포 앞에 앉힌 엄마가 다짜고짜 재방송 중인 티브이 속의 비선을 바라보며 "근데 너는 왜 계속 쟤 목소리를 흉내 내니? 잘 들어, 그건 걔가 쥔 패를 뺏는 게 아니라 네가 갖고 있는 패를 싸그리 뺏기는 짓이야" 하고 말했기 때문이었다. 그때까지 아무에게도 말하지 않았던 비선의 영업 비밀 중의 하나는 '아빠 힘내세요'는 또박또박 부르되 '우리가 있잖아요'는 허밍으로 처리하는 거였다면, 그날 어째서인지 비선은 '아빠 힘내세요'는 허밍으로 처리하고 '우리가 있잖아요'만 불렀다. 원래 아빠 힘내세요, 음음음 음음음음,이었다면 이제는 음음 음음음음, 우리가 있잖아요,가 되었다. '우리'라는 게 완전히 끝장나버렸다는 걸 깨달은 순간 비로소 '우리'를 노래할 수 있었다. 그 작은 변화를 눈치채기라도 한 건지 비선의 엄마는 그날 천 원이 아니라 오백 원을, 평소보다 값싼 관람비를 수금했다. 정확히는 천 원짜리 지폐를 건네받은 뒤 오백 원을 거슬러주며 패를 바꿔치기하듯 은밀하게 속삭였다. "비선이 너도 알지? 너한테는 나밖에 없다는 거."

이후 방송에서는 희선의 말이 꼭 네 숨소리를 듣기 힘들다는 발언처럼, 누가 봐도 더 재능 있는 사람이 재능 없는 사람에게 가하는 일침처럼 교묘하게 편집되어 송출되었다. 물론 그것이 본래의 의도였을 가능성 또한 배제할 수는 없었다. 본심이 뭐였든 간에 희선은 사람들의 악플 테러를 받았고, 심지어는 길을 걷다가 행인에게 눈가를 긁히는 바람에 한동안 대인기피증에 시달리기도 했다. 그리고 사건이 눈덩이처럼 불어나는 동안 비선은 그게 아니라고, 희선이 노래를 부를 때 내 호흡법을 교정해준 것일 뿐이라고 오해를 바로잡는 대신 잠자코 침묵을 지켰다. "이제 여기서 어디로 가야 될까요?" 하고 기사가 묻든 말든 멍하니 창밖만 바라보며 지금 앉아 있는 것처럼.

이제 어떻게 가야 할까요?

금방이라도 울음을 터트릴 것 같은 얼굴의 기사가 뒤를 돌아보며 다시 한번 물었다. 비선은 운전기사가 이렇게 매일 똑같은 실수를 반복하는 이유가 뭔지 따져 묻고 싶으면서도 한편으로는 그 이유를 알 것 같기도 했다. 때로는 잘못된 길로 들어서고 있다는 걸 알면서도 그걸 멈출 수 없었으니까.

 비선은 아무 소리도 들리지 않는 척 한참을 창밖만 바라보다가 일단 쭉 직진했다가 다다음 오거리에서 유턴 신호 받으면 될 거예요, 하고 언제나와 같이 말했다. 그러나 버스는 유턴은커녕 덜컹 소리를 내며 그대로 주저앉아버렸다. 무슨 일이에요? 비선은 다급히 창문을 열어젖힌 뒤 창밖으로 고개를 내밀었다. 그러나 비선의 눈에 비친 건 풍경이라고 부르기 뭐할 정도로 희디흰 눈발뿐이었다.

Ⅱ

 움직이고 있는 슬픔과 움직일 수 없는 나.

 기사가 견인 차량을 요청하고 한 시간이 지났을 즈음, 버스 좌석에 몸을 파묻은 비선은 지금 자신이 어떤 사람으로 보일지 생각했다. 비선을 보고 있는 사람이라곤 아무도 없었음에도 그랬다. 기사는 핸들에 고개를 파묻은 채 연신 자책을 해대는 중이었고 추우니 나가지 말라는 만류에도 버스 밖으로 뛰쳐나간 마디는 눈 위에 그림을 그렸다가 이내 그것이 눈에 덮여 사라지는 걸 바라보기를 반복하고 있었다. 사라진 그림 위에 내려앉은 빛이 주섬주섬 짐을 싸서 옆으로 이동하고 있었다. 그러니 목격자라고 부를 수 있을 만한 이가 있다면 유리창에 비친 자기 자신뿐이었다.

비선과 비선.

비선은 '희비교차'에서 '비선'이 되었다가 어느새 '비선과 비선'이 되어버린 자신을 바라보았다. 십 년 전, 꺼진 티브이 화면에 비친 스스로의 얼굴을 바라봤던 때처럼.

둘은 같이 있는 것보다는 떨어지는 게 윈윈일 것 같은데? 한 심사위원이 지나가듯 던진 말로 인해 팀은 해체됐고, 그다음에 혼자 오른 독무대에서 비선은 심사위원 점수와 시청자 투표 모두 꼴찌를 했다. 비선이 그때까지 살아남을 수 있었던 것도 사람들이 '희선과 비선'이 아닌 '희선'을 좋아했기 때문이므로 당연한 결과였다. 얼마 뒤 결승전 무대가 있던 날, 직접 방청하러 가는 대신 티브이 앞에 자리한 비선은 홀로 무대에 올라간 희선을 진심으로 응원해주고 싶으면서도 차마 그러지 못하는 자신이 싫었다. 끔찍했다. 문자 투표를 하기 위해서는 '2번' 또는 '오희선'을 입력해야 했고, 나머지는 모두 무효표로 처리된다는 걸 알면서도 비선은 굳이 '2번 오희선'이라고 입력한 문자를 보냈다.

그러나 희선과 자신을 더 이상 '우리'라고 칭할 수 없게 된 데에는 다른 무엇보다도 그 일이 가장 크다고 생각했다. 희선이 무대를 막 끝마쳤을 시간, 불 꺼진 거실에 홀로 남아 있던 비선은 거실 벽 가까이 귀를 가져다 댔다. 10시 정각, 비선의 집 거실에서 뻐꾸기가 울고, 희선의 집에서 뻐꾸기가 우는 1분 동안 비선은 그년은 진짜 씨발년이야,라고도, 그 애가 차마 상상할 수 없을 정도로 불행해졌으면 좋겠어,라고도 말하지 않았다. 비선이 그렇게 말한 건 희선이네 집의 뻐꾸기가 울음을 멈추고도 한참 시간이 지난 뒤였고, 그러므로 비선이 내뱉은 말들은 모두 없던 일이 될 수 없었다. 우승자는 60초 후에 공개합니다. 결승 무대의 결과를 앞두고 사회자가 그 멘트를 외쳤을 때 비선은 차마 화면을 볼 자신이 없어 티브이 전원을 꺼버렸다.

자신의 바람대로 희선이 차마 상상할 수 없을 만큼 불행해졌을까봐, 혹은 자신의 바람에도 불구하고 희선이 아주 조금의 불행도 겪지 않고 그 시간을 무사히 통과했을까봐.

아무에게도 말하지 않았지만 그날 오후 비선은 아파트 옥상에서 불을 피웠다. 정확히는 같은 학원에 다니는 친구들이 성적표를 태우는 것을 멀찍이서 잠자코 지켜보았다. 불붙은 종이는 뿌옇고 시커먼 연기를 일으키더니 순식간에 재로 변했고, 종이가 재가 되었다는 사실 말고는 달라진 게 아무것도 없었음에도 친구들은 이제 다 됐다, 하고 말하며 계단을 한 칸 한 칸 내려갔다. 자신이 직접 불을 지르지도 않았고, 불이 다른 곳으로 옮겨가 화재가 일어나지도 않았고, 그렇기에 아무도 이 사실을 모를 텐데도 비선은 그날부로 자신의 어떤 부분이 완전히 까맣게 그을려버렸다고, 재로 변해버렸다고 생각했다. 그날 자신이 바라보았던 작디작은 불씨가 십 년이라는 시차를 두고 바다 건너 다른 세계에서 되살아났다고 생각했다. 그래서 지금 자신이 이런 처지에 놓여 있는 것 같다고.

안 추워?

비선이 물었고 마디는 말없이 고개만 끄덕였다. 첫 번째 끄덕임에 눈 내리는 하늘을 그렸고 두 번째 끄덕임에 눈 덮인 땅을 그렸고 세 번째 끄덕임에 땅에서 하늘로 솟은 굵직하고 구불구불한 줄기를 하나 그렸다. 뭘 그리고 있느냐고 물어도 묵묵부답이었다.

이거 그거 아니야? 잭과 콩나물에 나오는 거.

비선의 말에 마디는 내내 꾹 닫고 있던 입을 열고는 어? 어떻게 알았어요, 했다.

그냥 알아.

그런데 콩나물이라고 하는 사람 나 말고 처음 봤어요. 콩나무라고 안 하고 콩나물이라고 하면 우리 할머니한테 혼꾸멍나요.

그래서?

그냥 그렇다고요.

그럼 이제 버스로 가자. 안 추워?

좀 춥긴 한데, 다 춥고 나면 들어가려고요.

언제 다 추워지는데?

그건……

또 60초 후에 공개합니다, 하고 말하면 혼자 버스로 돌아가려 했는데 마디는 그걸 제가 어떻게 알아요, 좀 더 추워봐야 알지, 했다.

좀 더 추워본다는 게 무슨 소리람. 비선은 그렇게 생각하면서도 조금 더 자신을 추위 속에 놓아보기로 했다.

있죠, 제가 왜 언니 팬이 됐는지 알아요?

팬? 언제는 나처럼 되기 싫다며.

언니처럼 되기는 진짜 싫은데, 그래도 팬이긴 해요.

그런 게 어디 있어. 말도 안 돼.

말 되는데? 언니도 전에 「생활의 달인」 나와서 그랬잖아요. 꽈배기 반죽에 가리비랑 돌나물이랑 옥수수랑 계피랑 구운 단호박이랑 쌍란이 들어간다고. 이렇게 해야 그냥 꽈배기가 아니라 진짜 꽈배기가 된다고. 우리 할머니가 그거 보더니 돈에 눈이 멀었다고, 순 사기꾼이라고 그랬어요.

사기 맞아. 그냥 방송이니까 대본대로 한 거야. 그때나 지금이나 다 뻥이야.

뻥이요?

그래, 뻥.

어느새 도착한 견인차가 도랑에 빠진 버스를 빼내기가 무섭게 마디는 머리에 쌓인 눈을 훌훌 털어내고 버스에 올라탔다. 창가 자리에 앉은 마디가 프로그램의 마지막 회차를 재생하려 했고 그 옆에 앉은 비선이 그만, 했다. 아직 끝을 위한 준비가 되지 않았다고 생각했기 때문이었다. 끝을 위한 준비가 뭐냐고 묻는다면 뭐라고 콕 집어 대답할 수는 없었지만 그랬다. 적어도 지금처럼 콩나물이 먹고 싶다, 맵고 짜고 줄기가 아삭하게 대가리가 오독하게 씹히는 콩나물이 먹고 싶다,라는 생각을 하는 와중에 끝을 맞이하고 싶지는 않았다. 슬픔 속에 있어야 하는데 식욕 속에, 그것도 그냥 배고프다,가 아니라 콩나물찜이 먹고 싶다, 같은 구체적이고 생생한 감각 속을 얼쩡거리는 자신이 조금 밉고 한심하기도 했다. 한번 내린 눈을 다시 하늘로 돌려보낼 수 없듯 도무지 만회할 수 없는 미움과 한심함이었다.

이제 어디로 가지? 비선의 물음에 마디는 아무런 대꾸도 없이 비선의 손바닥 위에 '밥'이라고 적었다.

이윽고 여느 때처럼 버스 좌석에 기대어 앉은 비선은 아무 음악도 흘러나오지 않는 이어폰 한쪽을 마디의 귀에 꽂아주었다.

Ⅱ

 아귀찜 소짜를 시켰는데 접시에는 아귀보다 콩나물이 많았다. 항상 혼자 와서 모르지만 아마 중짜나 대짜를 시켜도 아귀보다 콩나물이 많았을 거였다. 이 정도면 거의 콩나물찜 아닌가? 비선은 속으로 생각했고 그러기가 무섭게 마디가 이 정도면 아귀찜이 아니라 콩나물찜 아니에요? 하고 물었다. 비선은 조금 전에 자신도 똑같은 생각을 했으면서 내 말이 그 말이야, 하는 대신 아니라고, 이건 콩나물찜이 아니라 아귀찜이라고 했다. 왜냐하면 비선도 살면서 가끔 자신을 노래 부르는 사람이라고 생각했으니까. 코인노래방에 가서 천 원을 넣고 한 곡어치는 부르지 않고 재생만 하고 나머지 한 곡어치는 다음 사람을 위해 남겨두고 나왔음에도 아주 가끔은 자신을 노래 부르는 사람이라고 여겼으니까.

근데 왜 자꾸 아귀는 안 먹고 콩나물만 먹어요?

싫어?

막 좋진 않죠. 편식하면 몸에도 안 좋고, 무엇보다 저는 아귀보다 콩나물을 좋아하니까.

잘됐다, 그럼 더 싫어해도 돼.

뭘요?

아귀는 안 먹고 콩나물만 먹는 나를.

그렇게 아무도 아귀를 먹지 않아서 콩나물찜에 가까웠던 아귀찜이 진짜 아귀로만 이루어진 아귀찜이 되어가는 동안 비선은 근데 왜 이제 말 다시 하는 거야? 하고 물었다. 마디는 질문에 대답하기는커녕 딸꾹질을 했다. 잠깐 손 좀 줘볼래? 비선은 마디의 새끼손가락 첫 번째 마디를 검지로 꾹 누르며 자신만만하게 말했다. 이렇게 새끼손가락의 첫 마디를 60초 동안 누르고 있으면 금방 멈출 거라고. 그러나 1, 2, 3⋯⋯ 56, 57, 58, 59 하고 셀 때까지 딸꾹질은 멈출 기미가 없었다.

이상하다, 나 때는 진짜 멈췄는데.

비선이 말하자 마디는 지금 무슨 소리를 하느냐며 어리둥절한 얼굴로 아직 60초 안 지났다고, 딸꾹, 그러니 계속해보라고, 딸꾹, 했다.

59 반……

비선이 이어서 말했고,

딸꾹.

59 반의반……

딸꾹.

59 반의반의반……

딸꾹.

마침내 딸꾹질이 멈춘 건 59 반의반의반의반의반의반의반의반의반의 시간이 지났을 때였다.

있지, 다음에 또 가게에 놀러 오면 언니가 특별히 100번 꼰 꽈배기 만들어줄게.

속으로 60을 외치며 비선이 말했다.

두 사람이 거기 있다는 걸 어떻게 알았는지 건물주 노인은 식당 밖에 서서 눈을 맞으며 해바라기를 하고 있었다. 맑지 않은 날씨인데도 빛을 머금은 눈이 창백한 노인의 얼굴에 창백하게 내려앉고 있었다. 너 이

놈의 새끼 집에 가서 봐. 노인은 그렇게 호통을 치며 잇새에 낀 콩나물을 빼내고 있던 마디의 손을 잡아끌었다.

근데 날이 좀 어두워진 것 같지 않아요?

헤어질 때 마디가 소리 없이 입 모양으로만 물었고 비선은 당장 입이 떨어지지 않아서 일단 무작정 걸음을 옮겼다가 그 시간 뒤로 다른 시간들이 하얗게 지나가고 그 시간 위로 다른 시간들이 소복하게 쌓인 뒤에야 대답했다.

응, 나는 지금 여기에 있어.

Entanglement

얽힘 코멘터리

함윤이 코멘터리
「초능력 연습」에 대하여

서장원의 질문

서장원(이하 서)〉「초능력 연습」에 등장하는 제임스 랜디의 초능력 증명쇼 안에는 두 가지 마음이 있다는 생각이 들었어요. 진짜 초능력자의 존재를 기대하는 마음과 초능력자를 가장한 거짓말쟁이가 망신을 당하길 바라는 마음이요. 작품 속의 제임스 랜디도, 초희에게도 두 가지 마음이 다 있었을 거라고 저는 생각했어요. 두 마음 사이에 진자운동 같은 것이 벌어진다고도 생각했고, 이 움직임 자체가 너무나 문학적이라고 생각했습니다. 그리고 초능력과 그에 대한 TV쇼를 소설의 소재로 결정하신 뒤 꼭 쓰고자 하셨던 장면이 있으셨는지, 최종 원고에 그 장면이 있는지 여쭤보고 싶어요.

함윤이(이하 함)〉 원래는 외국 시트콤을 소재로 소설을 써볼까 고민했어요. 한데 아무리 고민해도 별다른 아이디어가 떠오르지 않았어요. 그러던 중 기억 속에서 제임스 랜디 씨와 그 프로그램이 불쑥 솟아난 거죠. 저에게는 매우 특별하지만 오늘날에는 딱히 대중적으로 회고되지 않는 프로그램을 돌이켜보고 싶었어요.

이 프로그램이 제게 특별한 이유 중 하나는 작가님이 꼽아주신 바로 그 이유 때문인 것 같아요. 진짜 초능력자의 마음을 기대하면서도, 초능력을 가장한 거짓말쟁이(혹은 사기꾼)가 망신을 당하길 바라는 마음이요. 사실 이런 마음은 조금쯤 특별하게 다가오는 타인을 만날 때마다 샘솟지 않나요. 눈앞의 이자가 정말 특별하길 바라는 마음, 아니라면 얼른 제 정체를 드러내기를 바라는 마음…… 둘 다 진심일 테고, 그래서 갈팡질팡하는 움직임이 이야기에 드러나길 바랐어요. 갯벌에 쓰러진 초희를 보고 "내 말 맞지!" 하고 말하는 재림의 모습이 그런 움직임과 가장 맞닿아 있는 듯하네요. 예언이 맞아떨어진 건지 사기 행각이 탄로난 건지 아리송한, 그런 순간을 이 둘 사이에 꼭 끼워주고 싶었습니다.

서〉 초희와 아람은 함께 섬으로 와서 함께 살고 있습니다. 제가 작년 연말에 지방 도시로 이주했기 때문인지 이 설정이 저에겐 무척 흥미롭게 느껴졌어요. 섬이라는 배경을 택한 이유가 있으신지 궁금합니다.

함〉 우선 재림이 초희를 (심정적으로나 물리적으로나) 떠났던 것처럼, 초희의 삶에도 무언가를 남기고 떠날 순간이 하나쯤 있으면 좋겠다고 생각했어요. 마음 맞는 사람과 함께 떠난다면 더 좋을 테고요.

삼십 대가 되고 나니 제 주변에도 귀농이나 유학 등 다른 곳으로의 이주를 택하는 사람들이 많아졌어요. 저도 낯선 공간에서의 삶을 더 자주 갈망하거나 상상하게 되었고요. 초희와 아람 모두 엇비슷한 시기를 보냈지 않았을까 생각합니다.

섬이란 육지로부터 고립된 곳 같기도 하고, 육지를 고립시키는 장소 같기도 해요. 이전의 관계로부터 독립 혹은 고립을 시도한 초희가 예언의 날짜를 앞두고 자신의 과거와 미래를 마주하는 과정을 그려보고 싶었어요. 섬은 사면이 바다로 둘러싸여 있으니 어느 방향으로 나아가기에도 적합한 환경일 거예요. 물론 그대로 머물러 있어도 좋고요. 무려 다섯 방향의 선택지가 있는 셈이네요.

서〉 고전적인 서사에서 자기 죽음에 대한 예언을 들은 인물들은 보통 그 운명을 피하려다가 결국 예언대로 죽게 되곤 하는데, 초희의 경우 다른 길을 걷습니다. 초희는 재림의 예언에 대하여 현실적인 염려(건강과 안전에 대한 문제)를 하지는 않으니까요. 오히려 초희가 관심을 두는 것은 재림의 예언이 맞을지 모른다는 약간의 가능성처럼 보입니다. 그래서인지 저는 초희가 감각하는 유한한 삶으로서의 시간이 어떤 것인지 궁금했는데요, 이에 대해 들려주실 수 있을까요?

함〉 초희는 누군가와 헤어지거나 멀어지는 일을 두려워하는 인물인 만큼, 삶의 유한성에도 겁을 낼 것 같습니다. 다만 재림의 예언에 관해서는 작가님의 말씀대로 그 예언의 성사 여부보다 '재림이 정말로 특별한가' 혹은 '평범한 거짓말쟁이인가'를 따지는 데 더 골똘했겠지요. 재림은 어린 시절 초희에게 그만큼 깊은 각인을 남겼으니까요.

동시에 저는 초희가 재림의 예언을 적당한 위안으로

삼았으리라 생각해요. '어차피 저 날이 오면 다 끝날 텐데, 그 전까지 마음대로 하지 뭐' 하는 식으로요. 이 태도가 저한테서 온 모습인지, 제가 평소 흥미로워하는 태도인지는 잘 모르겠네요.

다만 예언을 포함해 운명(이라고 믿는 것)과 계속 대치하고 싸우던 사람에게 '이제 그만 싸워도 된다'는 체념은 정말 달콤할 듯싶어요. 더는 애쓸 필요 없고, 희망을 좇느라 전전긍긍할 필요도 없으니 마음이 편해지겠죠. 초희는 어쩌면 재림이 예언한 날짜를 핑계로 삶을 좀 더 즐겼을지도 모릅니다. 이제 예언의 날짜가 지나갔으니 불가해하고 막막한 미래와 마주하게 되겠지요. 개인적으로는 등장인물들이 체념의 달콤함을 포기하고 계속하여 이런 식으로 삶을 굴리기를 바랍니다.

서〉 재림을 생각하면 청소년기의 저와 그 시기에 만났던 다양한 얼굴들이 떠오르는 것 같습니다. 저의 청소년기를 돌이켜보면, 특별한 사람이 되고 싶은 마음과 또래집단에서 소외되고 싶지 않은 양가적인 마음이 팽팽한 줄다리기를 하고 있었던 것 같아요. 아마 저와 같은 마음으로 그 시기를 보낸, 그리고 보내고 계신 분들이 많으실 듯합니다. 재림이라는 인물을 구상하시며 어떤 생각들을 하셨는지, 혹 참고하신 다른 작품이 있는지 궁금합니다.

함〉 작가님들과 처음 공유한 글에서는 재림의 캐릭터가 한층 '아웃사이더'적이었지요. 계속 글을 고치면서 재림을 훨씬 '인사이더'적인 인물로 만들었어요. 관계에 노련하고 세상에 어려울 것 없어 보이는 아이에게 어떤 결핍 또는 비밀이 있으면 더 재밌겠다고 생각했거든요. 초희와 재림이 깊은 비밀을 공유하면서도, 한편으로는 (그 또래 사이의) 권력적 위계를 의식하길 바랐고요.

저 또한 청소년기에는 특별한 사람이 되고 싶은 마음과 더불어 또래집단에 무리 없이 녹아들고 싶은 마음 사이를 갈팡질팡 오갔어요. 많은 아이가 그처럼 남모르는 비밀을 속내에 감춘 채로 어른이 되지 않을까요?

「초능력 연습」을 쓰면서 십 대의 제가 친구 또는 친구도 되지 못한 누군가와 나눈 비밀들을 떠올렸어요. 그땐 세계의 핵심 같았으나 지금은 잘 기억도 나지 않는 비밀들이요. 서로 비밀을 나누고 그게 특별하다고 믿던 어린 시절의 감각이 초희와 재림을 만드는 데 도움을 주지 않았을까 싶네요. 직접적으로 참고한 작품은 없으나 당시 읽었던 『유진과 유진』이나 『나의 열여덟 아름답다』 같은 청소년 소설이 간접적으로나마 영향을 미치지 않았을까 해요. 좀 더 고민해보겠습니다.

이선진의 질문

이선진(이하 이)〉 작년 11월 4일, 얽힘 첫 미팅에서 작가님이 90년대생인 세 작가가 'TV쇼'로 글을 쓴다면 재미있지 않을까? 하고 이야기해주셨던 기억이 납니다. 소설마다 주인공이 방송 프로그램과 갖는 거리감이 달라서 살펴보는 재미가 있었어요. 작가님의 경우 「도전! 100만 달러 초능력자를 찾아라」라는 프로그램을 다뤄주셨는데, 기사를 찾아보니까 제임스 랜디가 프로그램 시사회에서 "초능력은 없다"라는 발언을 했다는 내용이 나오더라고요. 초능력이 없다고 믿는 사람이 초능력자를 찾는 프로그램의 진행자라는 사실에서 오는 아이러니함이 무척 흥미로웠는데, 어떻게 이 프로그램을 다룰 생각을 하게 되셨을까요? 소설 속 초희처럼, 실제로 작가님께도 이 프로그램이 "마음 붙일 자리"이자 "기대를 걸 수 있음 직한 창구"였던 걸까요?

함〉 방영 당시부터 상당히 좋아한 프로그램이었습니다. 이 프로그램은 제가 초등학생 때 방영했어요. 그때 저는 외계인이나 초능력 등 미스터리, 오컬트 분야에 탐닉하던 어린이였고요. 돌아보니 이 프로그램이 그런 저의

'탐닉'에 더욱 불을 지핀 것 같습니다.

제임스 랜디를 아주 좋아했고 이 프로그램 역시 열성적으로 시청했지만, 종영 후에도 계속해서 '그래도 초능력은 있을걸?' 하는 믿음이 남아 있었습니다. 지금도 그런 믿음이 조각으로나마 존재하고요.

사실 TV쇼로 주제를 잡자고 대화를 나눈 날 저의 머릿속에 떠오른 건 「프렌즈」나 「빅뱅 이론」처럼 '온스타일' 등 채널에서 방영하던 해외 시트콤이었어요. 지금도 시트콤이라는 장르에 큰 매력을 느끼고 이를 소설로 옮겨 보려는 노력을 계속하고 있고요. 그런데 이번 앤솔러지에서는 그게 잘 안 되더라고요. 어떡하지 고민하다가 퍼뜩, 번개처럼, 제임스 랜디가 떠올랐고…… 초희에게 제 믿음의 조각들을 양껏 주기로 했습니다. 소설 속 인물과 제 믿음을 나눠 가지는 기분이 썩 좋더라고요.

이〉 제 경우 소설을 쓸 때 초고 버전과 탈고 버전이 크게 달라지지 않는데, 작가님은 거의 새로 쓰다시피 하셔서 놀랐습니다. 살아서 생동하는 소설의 이동 경로를 가만 들여다보는 기분이라 신기하면서도 재미있는 경험이었어요. 독자에게 말을 건네는 듯한 1인칭 화자의 서술 방식도 3인칭으로 바뀌었고, '아람'이라는 인물의 비중도 대폭 늘어났고, 무엇보다 대대적인 플롯 수정을 거치셨는데, 어떤 마음으로 이야기의 골격과 내장(?)을 매만지셨는지 들어보고 싶어요.

함〉 저야말로 두 작가님의 초고와 탈고가 (상대적으로) 크게 달라지지 않아 놀랐고 또 부러웠습니다. 퇴고를 '새로 쓰는' 식으로 진행하는 건 제 고유한 버릇 같아요. 물론 모든 작품을 새로 쓰진 않지만, 대다수 작품을 새로 쓰는 방식으로 고치기는 합니다.

소설을 쓰는 건 모르는 사람을 알아가는 일이랑도 비슷해서, 어느 정도 친밀도가 쌓이면 '거기서 이렇게 쓰면 안 됐는데' 하는 마음이 올라올 때가 있어요. '그때 그 사람한테 이렇게 하면 좋았을걸' 하고 후회하는 것처럼요.

말씀 주신 대로 소설의 "골격과 내장"을 매만질수록 여기에 더 알맞은 형식이나 구성이 떠오르기도 합니다. 그럴 때면 마음속으로 깊이 울면서 소설을 갈아엎지요.

이번 경우에는 등장인물들의 불투명한 미래와 과거를 들여다보는 이야기인 만큼 한 사람의 시점에 갇힌 1인칭

보다 내레이터가 둥둥 떠다니는 3인칭이 더 알맞지 않을까 판단했고, 아람 역시 들여다볼수록 초희에게 더 중요한 인물처럼 느껴져 비중을 늘리게 되었어요. 물론 언제까지나 이렇게 작업할 수는 없겠다는 생각도 들어요. 하여 좀 더 나은 방식으로 퇴고할 방법을 쭉 고민 중입니다.

이〉 돌이켜보면 십 대 시절은 내가 "지나친 것들"과 내게 "다가올 것들"이 무엇인지 골몰할 새도 없이 순식간에 지나가버린 것 같아요. 소설 속에서 초희가 2003년의 자신과 재림을 둘러싼 시간을 거듭 불러오는 것은 아마 뒤늦게나마 그 답을 헤아려보려는 일종의 안간힘이겠지요. 저는 소설 속에서 그 안간힘이 '연습'이라는 단어로 치환되는 것 같았어요. 초희는 과거에서부터 지금에 이르기까지 "아주 열심히" 그리고 "아주 오래" 초능력 연습을 해왔는데, 사실 초능력이라는 건 현대 과학의 합리성으로는 설명할 수 없는 초월적인 능력인지라 대개 연습이라는 단어와 짝지어지지 않잖아요. 저는 이러한 질문이 드러나는 시점에서 소설이 한층 더 도약하는 것 같다고 느껴졌는데요, 작가님은 어떻게 두 단어를 한데 붙여놓을 생각을 하셨을까요? 나아가 자신의 과거를 '오래 듣고, 들여다보고, 그리하여 거기 새겨진 모양'을 헤아릴 수 있게 된 초희는 '진짜 초능력자'일까요, '가짜 초능력자'일까요?

함〉 초희의 마음을 들여다보는 작가님의 글이 아름다워서 이 문단 통째로 소설 속에 끼워 넣고 싶네요. 저보다 초희를 더 따뜻하게 바라봐주신 것 같아요. 감사합니다.

말씀해주신 대로 초희의 '안간힘'은 '연습'으로도 치환될 수 있습니다. 이런 '안간힘'은 재림을 비롯한 과거를 이해하기 위한 행위일 테고요. 다만 초희가 본래부터 회상하고 상상하는 일을 좋아하는 사람이라는 생각 역시 듭니다. 언제나 시선이 눈앞의 현재보다 지나간 것과 다가올 것에 고정된 사람들이 있잖아요(저도 좀 그렇고요). 초희는 어릴 적부터 잘했고 좋아했으나, 갈수록 그 의미가 복잡해지는 행위를 곱씹는 중이고요.

제게 '초능력'이란 초월적인 능력뿐 아니라 우리의 일상적 기능이 '평균'을 넘어섰을 때 보이는 힘이기도 합니다. 노련한 스케이트보더나 파쿠르 선수들을 보면 "초능력 아닌가?" 말하기도 하잖아요.

초희가 원하는 능력은 파쿠르나 공중제비보다는 허술해 보이지만, 분명 획득하기 어려운 힘이에요. 과거를 제대로 직시하고 또 매만지는 사람은 흔치 않으니까요. 그럼에도 열심히 노력 중인 초희는 아직 (진짜로서도 가짜로서도) '초능력자'는 아니지만, '초능력자 지망생' 정도는 될 듯합니다. 연습하는 중이니 앞으로도 계속 달라지겠지요.

이〉 "이것이 그날 두 사람이 본 바다다"라는 마지막 장면의 서술에서 미루어보건대, 초희는 자기 죽음을 예견받은 12월 27일을 지나 그 이후의 나날들까지 무사히 통과해내는 중인 듯합니다. 그 시간 속에서 초희는 서울로 돌아간 아람과 "안전하게, 또 활짝 웃는 얼굴로" 함께 있을까요? 아니면 홀로 섬에 남아 외롭고 외진 삶을 살아가고 있을까요? 두 인물의 앞날에 대해서도 생각해두신 바가 있는지 여쭤보고 싶어요.

함〉 얄미운 말인 건 알지만 초희의 미래는 독자분들에게 맡기고 싶어요. 그래도 될까요? 이러나저러나 저는 그날 바다에서 초희와 아람이 좋은 시간을 보냈으리라 생각합니다. 그런 시간은 인생에 흔치 않고, 따라서 분명 오래 남을 거예요. 남은 미래를 독자분들이 잘 그려주시길 바라며…… 모쪼록 잘 부탁드립니다.

서장원 코멘터리
「포춘가든」에 대하여

이선진의 질문

　이선진(이하 이)〉 소설 속에서 장소가 잘 그려질 경우, 그것은 단순히 배경으로 존재하는 게 아니라 인물의 욕망을 추동하고 때로는 인물과 함께 나아가기도 한다고 생각하는 편인데요. 작가님의 이번 소설에서는 '포춘가든'이라는 장소가 이야기의 주된 구심점으로 작동하고 있다는 인상을 받았습니다. 소설의 처음과 끝에 반복하여 등장하는 데다, 주인공이 캐리의 게이 친구 역인 '스탠퍼드 블래치'의 이름을 떠올린 장소도 다름 아닌 포춘가든이고요. 작가님은 어떻게 다른 어디도 아닌 '포춘가든'이라는 장소에 인물들을 데려다놓을 생각을 하셨을까요? 그리고 소설을 쓰실 때 보통 구체적인 장소를 먼저 마련해둔 채로 집필을 하시는 편이신가요?

서장원(이하 서)〉 '포춘가든'이라는 장소는 이야기를 다 구상하고 나서 첫 문단을 여러 번 고치던 중에 생각하게 되었어요. 처음에는 드라마 「섹스 앤 더 시티」나 스탠퍼드 블래치에 대해서 이야기 나누는 장면으로 시작했던 것으로 기억하는데요, 아무래도 재미가 없어서 여러 번 다시 썼어요. 그러다가 조금 이색적인 장소에서 시작하면 어떨까 생각하게 됐어요. 소설 속 포춘가든 같은 사주카페에 몇 번 가본 적이 있는데, 인테리어나 종이 메뉴판을 통해 주문을 받는 방식이 요즘 같지 않아서 재밌다고 생각한 적이 있거든요. 그걸 떠올렸어요. 게다가 점을 보면 평소에는 잘 하지 않는 내밀한 이야기도 서슴없이 털어놓게 되는데, 이 점을 좀 써먹을 수 있겠다고도 생각했고요. 질문해주신 것처럼 저는 구체적인 장소를 마련해둔 채로 집필하는 경우가 많은데요, 대체로 제가 머물렀던 공간이 소설에 등장하곤 하는 것 같아요. 「포춘가든」은 쓰다가 공간이 생각난 경우지만 결과적으로는 비슷하게 되었네요.

이〉 화자가 호정을 "이 타이밍에 붙잡아야 하는 운명적인 인연"이 아닐까 생각하면서 모종의 조바심을 느끼는 것에 크게 공감이 되었어요. 저 또한 누군가와 관계를 맺어나갈 때 얼마나 다가가고 얼마나 거리를 둬야 할지에 대해 끊임없이 고민하는 편이거든요. 인간이라면 모두가 이런 지점을 갖고 있는 게 아니냐고 반문할 수도 있지만, 저는 왜인지 자꾸만 주인공의 퀴어함과 연결 지어 생각해보게 되더라고요. 저에게는 화자가 사람들이 자신과 영인을 "집요한 눈길"로 바라볼까봐 염려하면서도 타인에게 '알아봐지고' 싶다는 마음을 얼마간 품고 있는 것처럼 보였어요. 호정이 홍시에게 "너 고생이 많았다" "그런데도 이렇게 사람을 좋아해?"라고 말하는 장면에서는 어쩌면 그 말의 수신자가 홍시가 아니라 화자일지도 모르겠다는 생각도 해보게 되었어요. 은폐와 폭로라는 이중의 정치를 위태롭게 오가야만 하는 퀴어 인물들에게 "좀처럼 떼어낼 수 없는 점성을 가져다"주는 "운명적인 인연"이라는 건 과연 어떤 의미일까요?

서〉 말씀해주신 것처럼 화자는 자신의 퀴어 정체성에 대해서 이중적인 태도를 보이고 있습니다. 누군가가 자신의 정체성을 알아봐주길 바라는 마음이 있으면서도, 그 알아봄이 곧 자신을 향한 폭력과 혐오로 비화하진 않을까 두려워합니다. 그런 의미에서 화자는 호정을 안전한 사람이라고 여깁니다. 자신을 알아보면서도 자신을 혐오하지 않을 것 같은 사람이니까요. 교류를 하면서는 안전한 것을 넘어 비슷한 사람으로 여기기도 하고요. 이것만으로도 화자에게 호정은 "운명적인 인연"인 셈입니다. 다만 말씀해주신 것처럼 "은폐와 폭로라는 이중의 정치"를 위태롭게 오가는 화자에게 이 '안전함'과 '비슷함'은 고정된 감각이 아니지 않을까 싶습니다. 화자는 호정을 비슷하다고 생각했지만 호정은 정상성으로 보이는 영역으로 훌쩍 가버리니까요. 다만 그럼에도 호정이 안전한 사람이고 두 사람 사이에 여전히 나눌 수 있는 것이 많다면 둘의 관계에도 점성이 생길 수 있다고 생각합니다.

이〉 한편으로는 화자가 호정에 대한 경계심을 풀게 된 지점이 '에코백'과 '텀블러', 그리고 '무지개 강아지 배지'라는 게 흥미로웠어요. 저의 경우 카페에서 일회용 플라스틱 컵이 아니라 텀블러를 쓰고, 공개적으로 퀴어 프랜들리함을 표방하는 사람을 보면 '아, 저 사람은 그래도 나한테 위험한 사람은 아니겠구나' 하고 덮어놓고 안심하게 되는 경우가 꽤 많거든요. 딱 그 단면만 보고 손쉽게 판단을 내리는 거죠. 물론 관계가 깊어질수록 다른 안 좋은 지점들을 발견하게 되면서 '손절'을 하게 될 때도 있지만요. 어찌 보면 모든 존재는 전체에서 딱 한 조각만 소분돼 있어서 그 위에 적힌 글씨를 알아볼 수 없는 '레터링 케이크'와도 비슷한 것 같다는 생각도 드네요. 소설 속에는 화자의 시점에서 바라본 호정의 모습이 주로 등장하게 되고, 당연히 그럴 수밖에 없었을 텐데, 작가님께서는 어떤 관점에서 호정이라는 인물을 들여다보고자 하셨는지 궁금합니다.

서〉 에코백과 텀블러를 사용하는 사람을 보고 안전함을 느끼는 감각에 저도 너무나 공감이 갑니다. 저 역시 무언가를 사용하거나 사용하지 않는 모습, 어떤 단어나 표현을 선택하거나 그러지 않는 모습을 통해서 그 사람에 대한 인상이 많이 달라지거든요. 그 사람이 사용하는 재화나 어휘 등을 일종의 코드로 여기는 것이죠. 그리고 호정은 이런 코드들을 잘 연출하고 이해하는 사람이라고 생각했어요. 어떤 면에서는 코드를 넘어서, 자기 이야기를 만들고 숨기는 데 능하다고 말할 수도 있을 듯해요. 그리고 이 코드들의 수신자인 화자는 나름의 방식으로 이 코드들을 받아들이는데요, 그렇게 해서 호정에게 호감을 느끼기도 하고 기만적이라고 생각하기도 하고요. 이렇게 말씀드리고 보니 저는 화자와 호정이 어떤 사람인가를 보여주는 것보다는 이런 식으로 상호작용을 하는 과정을 그려보고 싶었다는 생각이 드네요.

이〉 소설의 마지막 장면에서 화자는 "이제 호정 언니와의 관계는 어떻게 될까" 하고 생각하지만, 왜인지 저는 화자와 영인의 관계가 앞으로 어떻게 될지에 대해 자꾸만 질문해보게 됐어요. 소설은 두 사람의 앞날에 대해서는 별다른 언질을 해주지 않는데요, 어떤 이유에서든 두 사람이 헤어져서 홍시의 거처에 대해 논의해야 할 상황이 생겨날까요? 만약 그렇게 된다면 둘은 홍시의 보호자로서 '코패런팅'을 하게 될까요?

서〉 사실 저는 두 사람이 잘 지낼 거라고 생각하고 이 소설을 썼는데…… 이 질문을 받으니 '과연 그럴까' 하는 생각이 들어요. 화자는 파트너인 영인과의 관계에 점성이 생기길 원하지만, 한편으로는 호정의 존재에 대해 (섹슈얼한 방식은 아닐지언정) 호기심과 호감을 느끼기도 하는데, 이런 식의 타인 혹은 관계에 대한 갈증이 이별의 씨앗이 될 수 있지 않을까 생각합니다. 코패런팅을 할지는 잘 모르겠어요. 만약 하더라도 이별 이후 화자와 영인 중 한 명이라도 다른 사람과 새로운 관계를 시작하게 되면 상황이 바뀌지 않을까 싶어요.

함윤이의 질문

함윤이(이하 함)〉 작품에는 포춘가든을 비롯한 여러 장소가 등장하죠. 그중 화자인 '나'와 '영인' '홍시' 그리고 '호정'이 사는 아파트가 특히 기억에 남았어요. 저는 소설을 쓸 때 현실과 매우 밀접하게 '맞닿은' 장소는 상대적으로 덜 묘사하는 편이거든요. 그보다는 어느 시대나 맥락에 갖다둬도 기능함 직한 추상적인 장소를 선호하는 것 같아요. 반면 작가님의 글은 정말 남양주를 지나가다가 봄 직한, 혹은 제 친구나 지인의 집을 떠올리게 만드는 그런 공간을 묘사하고 있어서 몹시 흥미롭고 또 자극을 받게 됐습니다. 이처럼 구체적이고 동시대적인 공간을 그릴 때 어디서 아이디어를 얻는지, 또 이처럼 '동시대적인' 공간을 그리시는 동기가 있을까요?

서〉 저는 일상의 균열이나 불안에서 소설을 시작하기 때문에, 소설의 배경이 되는 공간들도 제가 아는 공간인 경우가 많은 듯해요.「포춘가든」의 경우 집을 사는 이야기여서 어느 지역에 사는지가 더 중요했던 것 같고요. 화자와 영인은 원래 서울 마포구에 살았고 자신들의 정체성을 비교적 안전하게 표현할 수 있었기에 그 지역을 좋아했지만, 그곳에서 안정적으로 주거할 만큼 부유하지 못했기 때문에 경기도 남양주로 이주하게 됩니다. 저는 이런 과정이 소설 안에서 의미 있다고 생각했어요. 그리고 제가 작년 연말에 경기도에서 경남 진주로 이사하게 되었는데, 「포춘가든」은 그 영향을 받았다고 생각하기도 해요.

함〉작중 인상적인 등장인물(?) 중 하나가 화자와 영인이 함께 키우는 개 '홍시'였어요. 개인적으로 저는 동물이 등장하는 이야기에 큰 호감을 품곤 해요. 소설이란 결국 인간의 시점으로 진행되는 장르지만, 그럼에도 우리와 완연히 다른 생물의 마음이나 생각을 더듬어보는 시도에 마음이 쏠리는 것 같아요. 설렁탕집과 옆 건물 사이에 묶여 있다가 두 주인공에게 입양된 홍시의 전사나, "짐승 같아" 보였던 장면들이 특히 선명하게 다가왔어요. 화자와 영인을 묶어주는 가족인 동시에 이별 후의 미래를 상상하게 만드는 동력인 홍시의 역할도 흥미로웠고요. 이처럼 다양한 의의를 지닌 홍시를 그릴 때 어떤 고민과 생각을 하셨는지 알고 싶어요.

서〉 사실 저는 강아지랑 노는 것, 강아지에게 사랑받는 일을 좋아합니다. 강아지가 '너무 신나' '나는 네가 진짜 좋아' 하는 눈으로 저를 바라봐주면 너무 행복하거든요. 그리고 강아지가 나오는 소설을 쓰는 것도 좋아했고, 실제로 많이 쓰기도 했습니다. 다만 제가 그간 썼던 동물이 등장하는 소설을 다시 보면 강아지를 완전히 괄호 속의 존재로 두고 제 편의대로 움직인 것이 아닌가 하는 생각이 들곤 해요. 필요한 순간에 사라져주거나 사고를 쳐주는 대상으로 만들었던 것 같아서요. 그래서 이번 소설에서는 홍시를 그렇게 그리지 않으려고 했어요. 그 대신 강아지를 인생에 들이는 순간 내 삶에서 뭐가 달라질까 생각해보고, 그걸 작품 속에 적용해보려고 했어요. 최근에 제가 길고양이를 입양하려다가 실패해서 그런 생각을 많이 했던 것 같기도 합니다. 다만 그 적용이 잘되었나 생각해보면 그건 잘 모르겠습니다.

함〉 우리 앤솔러지의 키워드인 'TV쇼'가 이 작품에서는 「섹스 앤 더 시티」로 나타나요. 「엘 워드」나 「퀴어 애즈 포크」 「스킨스」 등도 잠깐씩 등장하고요. 작중에서

「섹스 앤 더 시티」는 인물들이 드물게 만날 수 있던 퀴어 콘텐츠이자, 미디어가 어떻게 '퀴어'를 전형적이며 또 게으르게 다루는지 비판하게 만든 대상이에요. 이 드라마에 관한 이야기가 오갈 때 세 인물 사이에 묘한 긴장감이 생겨나기도 하고요. 반면 소설 초입부터 등장하는 '스탠퍼드 블래치'에 관한 자세한 설명은 매우 간결한 편이죠. 이번 책의 세 작품 모두 TV쇼를 다루는 방식이 사뭇 달라 보이는데, 작가님께서는 왜 「섹스 앤 더 시티」를 고르셨고 또 어떤 고민 속에서 소설과 이 프로그램을 엮으셨는지…… 과정을 듣고 싶습니다.

서〉 저희가 주제를 구상하며 카페에 앉아 TV쇼에 대해 이야기를 나누고 있을 때, 처음으로 「섹스 앤 더 시티」를 봤던 순간이 떠올랐어요. 그때 저는 고등학생이었고, 지금처럼 해외 드라마를 보는 일이 아주 흔하지는 않던 시절이었지요. 한 친구가 이 드라마를 보여줬는데, 드라마 속 세계는 제가 겪고 있는 2000년대 중후반과 완전히 다른 세계더라고요. 극 중 사만다(킴 캐트럴 역)가 자신의 헤테로 친구들에게 자기 여자친구에 대한 고민을 털어놓는 부분이 있어서 놀랐던 기억이 있어요. 대중적인 드라마 시리즈에서 퀴어 정체성을 가진 인물이 등장한 걸 그때 처음 봤던 것 같아요. 그래서 이 드라마에 대한 이야기를 한번 써봐야겠다고 생각했어요. 고민이라면 말씀해주신 것처럼 '「섹스 앤 더 시티」가 가진 보수성, 퀴어 캐릭터를 다루는 전형성을 작중 인물들이 어떻게 생각할 것인가'였는데요, 이 고민을 제대로 타파했는지는 잘 모르겠어요. 솔직히 말씀드리자면 조금 피해 가지 않았나 생각합니다.

함〉 화자와 영인 그리고 호정은 함께 저녁 식사를 하고 시위에 나갈 수 있을 만큼 통하는 점이 많은 친구 사이이지만, 소설이 진행될수록 셋 사이에 있는 미묘한 골을 느끼게 되지요. 어쨌거나 퀴어 커플이자 제도권 바깥의 공동체로 생활하는 화자와 영인에 비해 호정은 계속해서 정상성 안에 귀속되길 바라는 인물이니까요. 그럼에도 이 소설을 거듭 읽는 저는 이 셋 간의 우정이 어떤 방식으로든 이어질 수 있지 않을까…… 하는 희망을 품게 되었는데요, 이처럼 다른 세 사람 사이에 우정과 대화가 성립할 수 있으려면 무엇이 필요할까요? 작가님의 생각이 궁금합니다.

  서〉 네, 사실 저는 이 소설의 결말이 해피엔드라고 생각했어요. 사실 구상하고 쓰는 동안엔 결말에 대한 마음이 조금 갈팡질팡했거든요. 하지만 결말까지 다 쓰고 나니까 세 사람은 그럭저럭 잘 지내겠구나 하는 마음이 들더라고요. 호정은 세 사람이 공유한다고 생각했던 어떤 것을 잃어버리지만, 그럼에도 세 사람이 함께할 수 있는 것이 사라지는 것은 아니니까요. 마지막에 호정과 화자가 분식집에 가는 것처럼요. 그리고 세 사람 사이에 우정과 대화가 성립하려면…… 저는 무언가가 필요하다기보다는 무언가를 안 하는 것이 중요하지 않을까 생각해요. 그리고 호정은 무언가를 보여주거나 안 보여주는 데 능숙한 사람이니까, 잘해내지 않을까 짐작합니다.

이선진 코멘터리
「60초 후의 세계」에 대하여

함윤이의 질문

함윤이(이하 함)〉 소설을 읽으며 자연스레 저의 십 대 시절 그리고 이십 대 초중반에 본 국내 각종 오디션 프로그램들이 생각났어요(사실 요새도 비슷한 프로그램은 여럿 있지요). 요새도 가끔 그때 응원하던 인물들이 어떻게 지내는지, 또 무슨 일을 하는지 궁금해하며 찾아보곤 하는데…… '비선'과 '희선'을 보며 다시금 그들의 미래를 가늠하게 되더라고요. 이 두 사람과 '마디'의 이야기를 읽으며 작가님은 어떤 오디션 프로그램을 보았는지, 또 응원하던 인물이 있었는지 궁금해졌어요. 더불어 저희가 이번 앤솔러지의 핵심 키워드인 'TV쇼' 중 오디션 프로그램을 고른 이유가 무엇인지도 알고 싶습니다.

이선진(이하 이)〉 저의 십 대와 이십 대 시절은 거의 오디션 프로그램의 전성기라고 할 수 있을 것 같아요. 「위대한 탄생」 「K팝스타」 「보이스 코리아」 「쇼미더머니」 「프로듀스 101」 같은 가요 오디션 프로그램부터 「도전 슈퍼모델 코리아」 「프로젝트 런웨이 코리아」 시리즈까지 꼬박꼬박 챙겨봤던 기억이 나네요. 저 또한 이따금 그 당시 응원했던 인물들이 어떤 삶을 살고 있는지 궁금해져서 찾아보기도 하고요. 저는 좀 비주류 취향인지, 모두가 두루 좋아하는 참가자보다는 인기투표 하위권이지만 나름의 개성을 갖고 있는 참가자들을 뚝심 있게 응원했던 기억이 나요.

TV쇼라는 테마를 딱 받자마자 떠오른 건 사실 「슈퍼스타K」였어요. 거의 모든 시즌을 본방 사수 했기에 특별히 애정이 있으면서도, 한편으로는 이 프로그램 방영 이후로 종종 화제가 된 소위 '악마의 편집'에 대한 문제의식을 갖고 있었어서 그 점을 전면적으로 다뤄보면 재미있겠다는 생각을 했어요. 제가 문자 투표로 흔쾌히 100원을 쓸 정도로(?) 응원하던 참가자도 '악마의 편집'의 희생양이 되면서 이미지가 급격히 나빠지고 광속으로 탈락했거든요. 마음을 쏟던 참가자의 탈락 사실보다도, 미디어가 교묘한 편집과 연출을 통해 일반인 참가자의 이미지를 좌지우지할 수 있다는 게 큰 충격으로 다가왔던 것 같아요.

어쨌든 간에, 원래는 '악마의 편집'을 당한 사건 자체를 부각하려고 했지만, 소설을 쓰다보니 그게 옳은 방향이 아닌 것 같더라고요. 과거에 비선이 겪은 사건 자체보다는 지금 현재에 발 붙이고 서 있는 비선의 내면의 풍경을 그리는 데에 더 많은 비중을 할애해야겠다는 판단을 내렸어요.

솔직히 말씀드리자면 소설을 쓰는 중간중간 여러 난관에 봉착했는데요, 어느 순간 이 소설을 그대로 내면 진짜 큰일 나겠다는 생각이 들어서 다른 방송 프로그램을 테마로 새로운 소설을 써봐야겠다고 마음먹기도 했어요. 물론 마감 일정을 최대한 맞추려다보니 그 계획 또한 무산되었지만요. 제가 플래카드까지 제작해서(!) 수차례 직접 방청을 가기도 했던 「이소라의 두 번째 프로포즈」를 주요한 소재로 다룬 이야기인데, 그 단편도 올겨울 무렵 독자분들께 보여드릴 수 있을 것 같아요.

함〉 각자 뚜렷한 인물로 제시되는 비선과 희선, 마디와 달리 조금 독특한 역할로 등장하는 인물이 있죠. 매번 길을 잃는 버스 기사예요. 직업이 버스 기사이면서 매일 가는 길을 헷갈린다거나 승객한테 길을 물어본다는 설정 등이 재미있었어요. 종래에는 운전에 제대로 실패(!)해서 승객들을 눈밭 한가운데에 놓이게 만들고요. 동시에 매번 길을 헷갈리면서도 매일 버스를 운전하는 그의 태도가 소설 속 인물들이 삶을 대하는 전반적 태도와 엮여 있는 듯했어요. 어떻게 이 버스 기사라는 인물을 그려 보게 되었는지, 또 그를 구상하며 만들어둔 전사前事 등이 있었을지 궁금합니다.

이〉 버스 기사라고 하면 그 누구보다 가장 길을 잘 알아야 하고, 그 누구보다 길을 잘못 들면 안 되는 존재라고 할 수 있을 것 같아요. 그가 길을 잃으면 그가 안전하게 목적지까지 데려다주어야 하는 승객들까지 함께 길을 잃어야 하니까요.

때때로 인물들을 헤매게 하는 걸 즐기는 짓궂은 저로서는 가장 길을 잃어서는 안 되는 버스 기사가 길을 잃어버리기를 바랐고, 그 반복되는 잃어버림의 과정 속에서

인물들이 무언가 얻는 게 있기를 바랐어요. '이동되어지고 싶은 방향으로 이동되어진다'라는 이중 피동 문장에서 '이동하고 싶은 방향으로 이동한다'라는 능동형 문장으로의 전환이 이루어지기를 바랐습니다. 심지어는 그들이 가는 그 길이 맞는 길이 아닐지언정요.

말씀해주신 것처럼 매번 길을 잘못 들면서도 매일 버스를 운전하는 버스 기사의 태도는 인물들이 삶을 대하는 태도와 맞닿아 있어요. '한배'를 탄 게 아니라 '한 버스'를 탄 셈이지요. 저는 결코 포개질 수 없는 마음을 지닌 채 외따로 살아가는, 제 나름의 표현대로라면 자기 자신 안에 '밀폐된 인물'들을 '밀폐된 공간' 속에 '있게 하는' 작업을 무척 즐기는 편이에요. 일단 무작정 그렇게 한 뒤 서로 간에 오가는 말과 침묵을 적어 내려가다보면, 어떤 식으로든 인물들에게 작은 숨구멍을 내어준 것 같은 기분이 들더라고요. 비록 버스 기사의 구체적인 전사를 생각해두지는 않았지만, 그에게도 그런 숨구멍 하나쯤은 마련해주고 싶다는 생각만큼은 소설을 쓰는 내내 품고 있었던 것 같네요.

함〉 이 소설은 비선과 희선이 듀오로 오디션에 출연한 '과거'와 현재 꽈배기집을 운영하는 비선이 마디와 독특한 방식으로 대화를 주고받는 '현재'를 오가고 있지요. 현재에서 눈에 띄는 것은 호주 산불에 관한 소식이에요. 한 개인의 힘으로 어찌할 수 없고, 또 실은 우리로부터 너무 멀리에 있어 가상현실처럼 느껴지는 재난을 주시하는 비선의 마음을 유추해보게 됐어요. 저는 개인적으로 소설 속에 현실의 재난을 들여놓을 때, 이것을 대체 어떻게 그리면 좋을지 또 (정말 부끄럽지만) 이걸 그냥 제외하는 게 '안전한' 선택일 텐데, 이대로 진행해도 괜찮을까 자주 고민해요. 작가님께서는 이 호주 산불을 묘사하며 어떤 선택과 고민을 거치셨는지 듣고 싶어요.

이〉 재난 앞에서, 혹은 재난 안에서 예술은 무엇을 할 수 있을까,라는 생각을 자주 하곤 합니다. 사실 올해 초 이 소설을 쓰고 난 뒤에 경남 지역에 대형 산불이 동시다발적으로 퍼져나가고 있다는 소식을 접했어요. 그 과정에서 겁 많은 저 역시 소설에서 '산불'이라는 요소를 빼버릴지 말지에 대해 오랜 고민을 거쳤는데요, 소설 내에서 희선이 겪는 재난을 산불이 아닌 특수성 있는 다른 것으로 대체하는 것이 어떻게 보면 더 쉬운 길이었을 거예요. 다만 그렇게 빠져나갈 구멍(?)을 생각하고 있다는 것 자체가 일종의 기만처럼 느껴지더라고요.

글을 쓰는 사람은 필연적으로 타인에게 크고 작은 상처를 안길 수밖에 없다고 생각해요. 아무런 외부 요소 없이 오직 '나'에 대해서만 쓰리라 마음먹는다 한들, 종이에는 내 안에 깃들어 있는 무수히 많은 '너'들이 소환될 테니까요. 그런 의미에서 '안전하고 무해한', 아무도 다치지 않은 재현이라는 건 애초에 성립될 수 없지요. 물론 그걸 방패 삼아 재난을 스펙터클로 소비하는 것은 문제이지만요.

사실 이 답변을 쓰는 지금까지도 저는 제 소설의 재현에 대한 의심을 품고 있어요. 재난을 단순히 배경으로만 그려냈다는 자괴감이 들기도 하고, 나는 왜 이 정도의 작가밖에 되지 못할까 자책도 하게 되는 것 같아요. 다만, 작가는 재현 불가능성이라는 불안정한 토대 위에서 '그럼에도 불구하고' 글을 써나가는 존재이고, 저는 '그럼에도 불구하고' 썼어요. 당장 비판을 받는다 할지라도, '언젠가 그 토대 위에 더 나은 글을 지어 올려야지!' 하는 마음이에요.

함〉 소설의 첫머리, "눈은 내리는 게 아니라 재생되는 것 같"다는 비선의 독백이나 "이동되어지고 싶은 방향으로 이동되어"진다는 서술 등이 인상적이었어요. 추후 비선이 홀로 코인노래방에서 노래를 부르는 장면을 볼 때 이 두 문장이 떠올랐고요. 그토록 여러 일이 있었음에도 비선에게 노래는 여전히 재생되는 것이고, 본인을 이동하고 싶은 곳으로 이동하게 만드는 요소 같아요. 당연한 말이지만 무언가를 좋아한다는 건 오디션 우승이나 상업적 성취와는 무관한 것이니까요. 작가님은 지금의 비선에게 음악은 어떤 존재일 거라 생각하세요? 또 정말 뜬금없는 질문이지만, 작가님의 18번은 무엇일지도 궁금합니다.(웃음)

이〉 음악은 좌에서 우로 재생되고, 눈은 위에서 아래로 내리곤 합니다. 다만 저는 이 소설을 쓸 때 음악이 좌에서 우로 내리고, 눈이 위에서 아래로 재생되는 것 같다는 다소 기이한 생각을 했어요. 무형의 사물인 음악이 길바닥 위에 소복이 쌓이고, 유형의 사물인 눈이 풍경을 창백하게 연주하는 그런 상상을요. 그런 의미에서 음악이 끝난 건 음악이 다 내렸기 때문이고, 눈이 쌓인 건 눈이 다 재생되었기 때문이죠.

그렇기에 비선에게 음악이 어떤 존재냐고 묻는다면, 아직 미처 다 재생되지도 내리지도 않은 눈 같은 것이라는 다소 두루뭉술한 답변을 드리고 싶어요. 이때의 '음악―눈'은 비선이 살아가고 있는 '지금―여기'의 것이기도 하지만, 희선과 함께였던 '그때―거기'의 것이기도 할 테고요. 결국 '음악―눈'이란 그때 그 시절 비선이 온전히 통과해내지 못한 '60초' 속에 비선을 가둬두는 일종의 무한루프와도 같은 사물이에요. 현재의 비선이 아무 음악도 나오지 않는 이어폰을 꽂고 있는 이유 또한, 단순히 소음을 차단하기 위해서라기보다는 이미 자신의 안쪽에서 너무 많이 흘러나오고 있는 과거의 음악 때문일 거고요. 비선이 자신의 발목을 잡고 있는 '60초'에서 벗어나 '60초 후의 세계'로 나아가기 위해서는 일시정지 해두었던 '음악―눈'을 끝까지 내리게 해야만 하고, 그런 의미에서 음악이란 말씀해주신 것처럼 비선에게 '여전히 재생되는 것'이자 비선이 자신을 '이동하고 싶은 곳으로 이동하게 만드는 무엇'일 테죠.

그리고…… 저의 18번은 모세의 「사랑인걸」입니다. 문학적인 얘기를 잔뜩 늘어놓다가 갑자기 일상과 너무나도 맞닿아 있는 이야기를 하니 뭔가 굉장히 웃기고 부끄러운데요, 이 책이 세상에 나오기 전까지 비선의 18번 곡이 무엇일지도 부지런히 생각해봐야겠어요.

서장원의 질문

서장원(이하 서) 〉 소설을 읽는 동안 여태껏 보았던 여러 오디션 프로그램들이 떠올랐습니다. 소설에 등장하는 오디션 프로그램과 유사한, 2010년대 초반에 인기를 끌었던 몇몇 프로그램은 물론이고, 그 몇 년 뒤 인기를 끌었던 힙합 오디션 프로그램, 2010년대 중후반에 등장해 최근까지도 꾸준히 제작되는 아이돌 오디션 프로그램들까지도요. 그리고 작품 속 희선처럼 이런 프로그램에 출연했다가 비난의 대상이 되었던 사람들도 함께 떠올랐어요. 아마 작가님은 청소년기에 오디션 프로그램을 처음 접하셨을 듯한데요, 당시에 이런 프로그램들을 봤던 일이 어떤 기억으로 남아 있으신지 궁금해요. 그리고 「60초 후의 세계」를 쓰시면서 그 프로그램들을 다시 찾아보셨을지도 모른다고 생각했는데, 그랬다면 어떤 지점들이 과거와 달리 보였는지, 혹은 새롭게 보인 것들이 있었는지도 궁금합니다.

이 〉 제가 처음으로 접한 오디션 프로그램은 2009년에 방영된 「슈퍼스타K」였어요. 중학교 3학년 때였는데, 프로그램이 방영되는 금요일로부터 가장 가까운 등교일인

월요일만 되면 교실이든 복도든 온통 '슈스케' 이야기로 떠들썩했던 기억이 나네요. 사실 오디션 참가자들의 멋진 무대들도 인상 깊었지만, 저한테 「슈퍼스타K」는 단순히 무대 자체보다는 미디어가 참가자들을 대하는 방식 측면에서 더 인상에 남았어요. 예를 들자면, 시청자들이 '―통령'이라는 명명을 통해서 나름대로 열과 성을 다해 무대를 꾸린 참가자들의 노력을 비하하고 조롱하는 경우가 잦았는데요, 제작진 측에서도 애초에 그것이 그런 방식으로 이슈화되기를 노렸다는 생각이 들더라고요. 실제로 제작진이 더 과장된 행동을 하도록 참가자들을 부추겼다는 폭로가 나오면서 많은 비판을 받기도 했고요. 또 실제로 일어나지 않았던 상황을 일어난 것처럼 내보이거나, 앞선 장면과 전혀 상관없는 리액션 숏을 서로 연속선상에 있는 것처럼 이어 붙여서 극적인 상황을 연출하는 경우도 빈번했고요.

부끄럽게도, 저 역시 당시에는 별다른 경각심 없이 그런 연출을 웃으면서 소비했는데요, 이제는 저를 포함한 많은 사람이 프로듀서의 제작 윤리에 대한 문제의식을 갖고 있는 것 같아요. 미디어에서 내보이는 모습들이 이 세상의 진실은 아닐 수도 있다는 의심 또한 늘 품게 되고요. 무엇보다, 소설을 쓰면서 저 역시 그런 '연출'의 혐의에서 자유롭지 않다는 생각을 끊임없이 하게 되는 것 같아요. 이야기 속에 한 인물이 등장할 때, 작가가 이 인물을 어디서부터 어디까지 드러내고 어디서부터 어디까지 감추느냐에 따라 방향성이나 지향성이 완전히 달라지잖아요. 때로는 저 또한 '극적인 효과'를 자아내기 위해 인물이 통과한 시간을 임의로 재편하는데, 기술적으로는 훌륭하다 할 수 있을지 몰라도 윤리적인 측면에서는 고개를 갸우뚱하게 되거든요. 아마 오늘날 글을 쓰는 사람들이라면 모두가 품고 있는 고민이겠지만요.

서〉 저는 이 소설의 키워드 중 하나가 '타이밍'이라고 생각했어요. 비선이 꽈배기를 만드는 일이나 버스 기사가 버스를 운전하는 일에는 타이밍이 중요하잖아요. 적당한 시점에 적절한 행동을 해야 하니까요. 그러나 비선은 과발효되는 반죽을 방치하고, 버스 기사는 길을 잃어버리지요. 그리고 비선이 삶에서 지나간 것, 이를테면 오디션이나 희선에 대해서 생각하는 장면들도 어떤 면에서는 잃어버린 타이밍과 비슷하다는 생각이 들었어요. 그래서인지, 저는 등장인물들이 이 타이밍에서 놓여나는 순간들이 무척 좋았습니다. 비선이 마디의 새끼손가락을 누르면서 시간을 마구 늘리는 장면이나, 비선과 마디와 버스 기사가 각자의 속도대로 아이스크림을 먹는 장면을 읽으면서는 담담한 위로를 받는 마음이었어요. 그리고 쓰시는 동안 인물들, 특히 비선에게 위로를 전하고 싶으셨을 것 같다고 저는 생각했는데요, 비선이라는 인물을 구상하시며 떠올린 생각들이 궁금합니다.

이〉 인생은 타이밍이다,라는 말을 저도 자주 사용하는 편이에요. 타이밍의 사전적 의미를 찾아보니까 '동작의 효과가 가장 크게 나타나는 순간'이라는 뜻이 나오더라고요. 애석하게도 우리 모두에게는 그런 순간을 정확하게 가늠하고 붙잡을 능력이 존재하지 않는 것 같아요. 저라는 사람이 이때는 이랬어야 했는데, 그때는 저랬어야 했는데, 하고 끊임없이 과거를 되돌아보고 후회를 일삼는 이유 또한 그러한 타이밍의 문제와 결부되어 있을 테고요.

그런 의미에서 소설 속 비선 역시 자신을 둘러싼 시간

과의 어긋남을 수없이 겪은 끝에 종내에는 자신을 둘러싼 시간과 공간의 바깥으로 벗어나고 싶어 하는 인물이에요. 자신을, 그리고 자신의 슬픔을 이곳이 아닌 어딘가로 이동시키기 위해 안간힘을 쓰는 존재라고도 칭할 수 있을 것 같네요. 초보 기사에 의해 자꾸만 노선을 이탈하는 버스에 매일같이 몸을 맡기는 것도 그런 욕망의 발현이라고 생각했어요. 시간은 "지나가는 게 아니라 끝나버리는 것 같아"라는 소설 속 문장처럼, 자신을 옭아맨 시간을 무사히 끝마치기 위해서는 이동이 불가피하니까요. 물론 그 이동의 과정에서 비선은 다른 시간들을 살아낼 거고, 동시에 그 시간들이 비선을 살아내며 어떤 식으로든 비선을 변화시키겠지요.

저는 누구에게나 지금 내가 살아가는 시간과 부대끼는 순간이 존재한다고 생각해요. 이때 비선은 비록 아무도 접근할 수 없는 자폐적인 세계에서나마 자신만의 시간법을 발명해내는 사람이에요. 비선이 마디의 손을 잡고 "59 반……" "59 반의반……" "59 반의반의반……" 하고 말하는 장면은 그런 의미에서 소설의 핵심적인 대목이었는데, 거기서 담담한 위로를 얻으셨다니 기쁘네요.

한마디를 더 보태자면 저는 비선이 기존의 세계 질서 속에서 "잃어버린 타이밍"은 잃어버린 대로 내버려두고, 오직 자기 자신만의 '새로운 타이밍'을 직접 수행적으로 만들어나가기를 원했어요. 그건 결코 "이 세상에 없는 시간"일 수 없을 테니까요. 비선은 자신의 의지와 무관하게 비선으로 태어났지만, 비선이 진정한 자기 자신으로 거듭나게 되는 건 그렇게 스스로만의 시간을 발명해내는 순간이 아닐까, 하는 생각도 드네요.

서〉「60초 후의 세계」에는 음식이 여러 번 등장합니다. 등장인물들이 음식을 먹는 장면도 있고요, 비선이 희선에게 보내는 기프티콘도 커피 쿠폰이지요. 희선은 아버지가 자신의 끼니를 걱정했다는 사연을 방송에서 소개하고, 비선은 그 이야기를 다소 의문스럽게 들으며 자신의 아버지가 밥을 달라고 요구하는 모습을 떠올립니다. 이 작품 안에서 음식이 가지는 의미에 대해 말씀해주실 수 있을까요?

이〉 이야기 속에 인물들이 무언가를 먹는 장면을 일부러 넣으려고 한 건 아닌데, 돌이켜보니 첫 소설집에 실린 모든 작품에 음식을 먹는 장면이 들어가더라고요. 왜일까 생각해보면, 제가 소설을 쓸 당시에 진짜로 푹 빠져 있던 음식인지라 당시 저희 취향을 담아두고 싶은 마음에 부러 넣기도 하고, 혹은 소설의 분위기와 잘 어우러지는 것 같아서 넣기도 하는 것 같아요. 무엇보다 꼬박꼬박 끼니를 챙기는 것만큼 삶에 대한 끈질긴 욕망을 보여주는 행위가 있을까? 하는 생각이 들더라고요. 제 소설 속 인물들은 대개 슬픔과 우울의 한복판에 내동댕이쳐진 인물들인데, 그들을 둘러싼 환경 자체를 바꿔주지는 못해도 맛있는 밥 한 끼 정도는 먹게 해줄 수 있잖아요. 먹게 해줄 수 있으니까 먹여주고 싶었어요. 이왕이면 자주, 많이.

말씀해주신 것처럼 이번 소설에도 여러 음식이 등장하는데요, 기프티콘의 경우 '음식'으로 교환될 수 있는 가치를 지닌 사물이에요. 한국과 호주에는 스타벅스가 있고, 그곳에서는 모두 아이스 아메리카노를 팔고 있지만, 비선이 한국에서 구입해 보내준 기프티콘은 당연히 호주에서는 무용지물에 불과하죠. 그런데도 비선이 매년 희선의 생일 때마다 기프티콘을 보내기를 멈추지 않는 것은, 그 무용함에 대한 감각을 계속해서 희선에게 심어주기 위함이라고 생각했어요. 물론 그 안에는 희선에 대한 미안함이나 질투나 자신의 이런 마음을 알아줬으면 하는 치기 어린 슬픔까지, 여러 복잡한 마음이 얽혀 있겠지만요.

아귀찜을 소설에 등장시킨 이유는 별게 없으면서도 있긴 해요. 아귀찜에는 항상 아귀보다 콩나물이 많이 들었는데, 사람들은 왜 이걸 아귀찜이라고 부르는 걸까? 하는 생각을 종종 하거든요. "이 정도면 아귀찜이 아니라 콩나물찜 아니에요?"라는 대사도 그렇게 해서 쓰게 된 거고요. 무엇보다 아귀찜의 이러한 특성과 비선의 삶을 유비할 수 있겠다고 생각했어요.

만약 한 사람의 삶이 하나의 곡이라면, 비선의 삶은 모두가 귀 기울여 듣는 노랫말보다는 모두가 빨리 넘겨버리고자 하는 간주로 가득 차 있는 것 같아요. 여기서 또 하나의 곡이 노랫말과 간주로 나뉜다면, 희선은 모두가 귀 기울여 듣는 노랫말이고 비선은 모두가 빨리 넘겨버리고자 하는 간주와 같은 존재일 것 같고요. 다만 원래대로라면 간주는 악곡 사이에 부차적인 요소로 삽입되어야 하지만, 비선의 경우 오히려 간주 그 자체가 노랫말보다 훨씬 더 주요한 악곡이 될 수 있지 않을까, 하고 생각했어요. 처음에는 아귀가 별로 들어 있지 않아서 이게 맞는 건가? 싶다가도, 어느 순간부터는 아삭하게 씹히는 콩나물을 먹기 위해서라도 아귀찜 식당을 찾는 것처럼요.

서〉「60초 후의 세계」를 읽으면서 저는 드러난 것과 드러나지 않은 것을 생각했어요. 희선은 자신이 한 말의 맥락이 가려진 채 방송되어 악플 테러를 받는데, 비선은 이를 해명해주지 않습니다. 비선의 어머니는 궁지에 몰렸을 때 패를 감춤으로써 상황을 타개하지요. 방송사도, 비선과 비선의 어머니도 없는 것을 만들어낸 것은 아니지만 있는 것을 감추는 방식으로 그 비슷한 효과를 낸 것이지요. 저는 이런 일이 작가가 소설을 쓸 때 사용하는 술수(?)와도 비슷하게 느껴졌어요. 「60초 후의 세계」를 쓰시는 과정에서 썼다가 지운 것, 쓰려다 만 내용이 있으시다면 그에 대해 말씀을 부탁드리고 싶어요.

이〉질문지를 받아보고 "있는 것을 감추는 방식"이라는 표현에 오래 눈길이 머물렀어요. 소설을 쓸 때마다 부지불식간에 무언가를 드러내고 무언가를 숨기고 있었는데, 그 작업이 이제는 너무 당연하고 자연스러워서 의식조차 하지 못했던 것 같아요. 저는 소설 쓰기 작업에 착수하기 전에 머릿속에 떠오른 일상적인 장면이나 대화들을 최대한 메모해두는 편이에요. 어떨 때는 소설의 기둥이 되어줄 만한 사유들보다 약간의 위트가 담긴 시시껄렁한 장면들을 수집하는 데에 더 많은 시간을 할애하기도 해요. 이번 소설을 구상하는 단계에서도 마찬가지였는데, 당연히 많은 부분이 탈락되었습니다.

구상 파일을 열어보니 원래는 마디라는 인물을 희선의 자식으로 설정했더라고요. 벌써 몇 계절이 지난지라 왜인지는 정확히 기억이 안 나는데, 아마 인물들 간의 거리감을 조율하는 과정에서 다소간의 어려움이 있었던 것 같아요. 마디가 흰 분필로 '작은 마음 사람'을 그리는 설정도 원래는 있었는데, 마디의 비중이 너무 커지면 소설의 전제적인 밸런스가 무너질 것 같아 삭제했고요. 그리하여 다음과 같은, 이제는 제게도 너무나 낯설게 느껴지는 첫 문단이 통째로 잘려나갔습니다.

"60초는 정말이지 많은 걸 할 수 있는 시간이다. 아파트 단지 앞 진짜루 중국집에서 짜장면 한 그릇을 해치울 수도 있고 한 곡에 500원 하는 코인노래방에서 짧고 철 지난 노래의 1절을 부를 수도 있고 놀이터 보도블록에 '작은 마음 사람'을 그려 넣을 수도 있다. 작은 마음 사람은 마디가 이름 붙인 것으로, 작게 만세를 부르는 사람의 배 한가운데에 흰 분필로 콕, 점을 찍기만 하면 완성이었다. 이왕 그리는 거 아주아주 크게 그리면 안 되느냐고 물으니까 마디는 제 엄마처럼 한쪽 눈을 찡긋대며 안 된다고 했다. 작은 마음 사람의 마음은 아주아주 작아야 한다고."

작가님의 질문이 아니었다면 저는 오래전 완성한 소설의 구상 파일을 다시는 열어보지 않았을 테고, 그러니 이 문장도 영영 마주하지 못했을 테지요. 소설을 쓰는 과정에서 지워버린 문장을 이렇게 종이 위에 남겨두는 것도 무척 재미있는 일인 것 같아요. 엄연히 이 세상에 존재했지만, 이제는 존재하지 않는 문장을 인용하는 것만 같아서요.

기획의 말

'너와 나는 실재한다.' — 실재성realism

'너와 나는 멀어지면 독립적이다.' — 국소성localism

 이 두 명제를 우리는 너무나 쉽게 당연한 사실로 받아들인다.

 하지만 상상해보자.

 이 두 명제를 만족하지 않는 어떤 현상이 우리 주변에서 벌어지고 있다고.

 우리가 감각하는 것만이 전부가 아니며 그것을 초월하는 무언가가 있다고.

 너와 나는 온 우주에 펼쳐진 시간과 공간을 거슬러 연결되어 있으며, 우리는 사실 그런 의미로만 존재하고 있을는지도 모른다고.

그런 초월적인 상관관계를 '얽힘entanglement'이라고 한다. 그리고 '얽힘'은 상상 속이 아니라 세상에 분명히 존재하고 있다. 이는 양자역학의 가장 중요한 성질이며 우주의 질서를 이루는 근간이다. 실재성과 국소성이 양자역학의 이론에 위배된다는 사실이 처음 예측되었을 때 아인슈타인이 받았던 큰 충격만큼, '얽힘'은 과학사에서도 유명한 논쟁거리이자 가장 위대한 발견이었다. 첫 발견 후 백 년 가까운 시간이 지난 지금, '얽힘'은 실험적으로 그 존재가 증명되었다. 또 이제는 양자컴퓨팅과 양자통신 등의 기술에 활용하는 자원이 되었고, 2022년에는 '얽힘' 증명에 대한 공로로 세 명의 물리학자에게 노벨물리학상이 수여되기도 했다.

물론 이런 과학적 사실을 알게 되었다고 눈앞의 세상이 달라지지는 않는다. 매일 계속되는 각자의 팍팍한 삶도 그대로이다. 하지만 한 가지 확실한 건, 지금 이

책을 읽고 있는 당신은 이미 '얽힘'에 얽혀 있다는 것.

그래서 당신은 아마 안도할지도 모른다는 것.

외딴섬이라고 생각했던 모두가 실은 우주 안에서 하나로 얽혀 있다는 사실에, 그리하여 어쩌면 나와 초월적으로 얽혀 있는 누군가가 어딘가에 반드시 존재한다는 상상으로.

이를테면 내가 하품을 할 때마다 그 사람도 동시에 하품을 하고 있다든지 말이다.

그걸 당신이 알아차릴 일은 영원히 없겠지만.

양자물리학자 X

재생 버튼

초판 1쇄 발행 2025년 10월 1일

지은이 서장원 이선진 함윤이
편집 김선영
디자인 김하늘
조판 한향림

펴낸곳 다람
펴낸이 박혜진
등록 2012년 6월 29일 제2012-000034호
주소 서울시 광진구 아차산로 378, 3층
전화 02-447-0879
팩스 02-6280-3748
이메일 darambooks@gmail.com
홈페이지 www.darambooks.com
인스타그램 @darambooks

ⓒ 서장원 이선진 함윤이 2025
ISBN 979-11-93646-09-0 03810

* 이 책 내용의 전부 또는 일부를 이용하려면
  반드시 저작권자와 다람의 서면 동의를 받아야 합니다.
* 잘못된 책은 구입하신 서점에서 바꾸어드립니다.
* 책값은 뒤표지에 있습니다.